J O Y

享受讀一本好小說的樂趣

第七屆皇冠大眾小說獎決選入圍作品

鬥法

月藏[著]

〈推薦序〉

奇色異情

李昂◎文

第七屆皇冠大眾小說獎的參賽作品，有著過去少見的特質，而這特質，使得所謂的『嚴肅』與『大眾』小說的範疇，有了更多的交集。簡單的說，可以說是『嚴肅』小說與『大眾』小說，在題材與書寫的手法上，有更多的共同處。

我自己寫的小說因觸及政治，特別是台灣過去背負許多印記符號的政治事件，心中一直對這樣的悲情，不管是『二二八』或『白色恐怖』，有著十足的悲憫之情。

因為珍惜，所以也就十分小心應對，不敢輕忽。

所以當看到《朝顏時光》以『二二八』這樣的重大悲劇，來寫作成為大眾小說時，心中實在是大吃一驚。特別是作者並非只是簡單的以『二二八』為『大』時代背景，而是深入的探究當時的種種細節，所下的功夫的深，展現的細膩細密觀察與書寫，深刻度不輸所謂的『嚴肅』小說。

而作者由這些綿密堆砌的事證，為著的就是要開展穿越時空的可能與宿命。

用政治事件，而且是記憶猶新的血淚政治事件，來做時空移轉的大眾小說的基礎，對我的震撼，果真是最近少見。

另個值得一提的現象是——《鬥法》，以大眾小說反映了當前的台灣社會。雖然用的是一種誇張奇情，甚至匪夷所思（但又可能真實存在）的怪誕方式，也是今年參獎作品中的重大特色。

在此，我先做一個簡單的歸類：那就是，過往只在所謂『嚴肅』小說出現的深沉政治議題，以及反映社會的題材，今年成為『大眾小說』的題材，而且有不凡的表現。

是不是因而可以說：誰說大眾小說一定只是飄飄渺渺的羅曼史，奇峰迭起的偵探小說，恐龍、人骨、法老王等等超越現實現狀的奇情小說。

七屆皇冠大眾小說讀下來，愈發感到在這個專業領域裡愈來愈專業的集結，這雖是世界性潮流的趨勢，但台灣有志於大眾小說的作者，逐漸形成以自己本身特色、題材來做書寫的大眾小說，之於我來說，可喜可賀也值得期待。

再回來說我給予很高評價的《鬥法》，首先，這部小說裡處處可以是台灣現今社會的縮影：主角之一的議員，而且是南部地方性的議員，『俗又有力』的生活方式，那個著筆不太多但令人印象深刻的情婦阿雪，離奇失蹤的女兒，最後變成另類在地上爬行的妻子……

另個主角中年徵信社成員，結識靈媒王太太後，陷入了身不由己被操控的人生。兩個男主角為著的，都是人性中最基本的私欲：利、名、成就。

台灣社會長久以來陷入『靈異』迷障，從高官富商改風水，到市井小民求神算命，女人拜狐仙等等，雖然有一說『算命是一種心理治療』，但無疑顯現了社會不確定性下的不安全感與苦悶。

《鬥法》便從實質生活中的工作上生存的鬥爭，提升到物欲名利上的奪取，到最後，那人類永遠欲追求的生命的最基點：長生不老、不死，永恆的生命的延續。

這人類文學上一直不斷存在的課題，在此便以十分具台灣文化特性的方式被延引。相信讀者會和我一樣，在閱讀到小說最後的部分，幾乎不敢置信的來看一連串光怪陸離的事件：恐怖又春情的兩男兩女、『尸蛹』、伴隨著『長老』的誦經、全身流出的金色的液體……

可是成了『仙』了？然代價卻是成了一群貪攀的人的口腹祭品，而這些人，又成為槍戰下的亡魂。

而那千算萬算要『脫離因果』好成仙的算計，於作者最後的解釋，都只是想像的結果。

這樣虛無的『終極關懷』，也回應了台灣的現狀吧！

《鬥法》以奇情異色的一種極至的書寫方式，提供了閱讀上強烈的感官刺激。這部『俗又有力』的小說，的確是令人讀後印象深刻。尤其是背後顯現出來的某些台灣現今的精神風貌，更有令人嘆為觀止的貼近。

這是一部好看的大眾小說，也是一個台灣社會的特殊剖面。

評審意見

寫魔界邪門多面怪事，驚悚駭人，奇幻難解，可讀性高。

——司馬中原

如果你和我一樣，喜歡所有跟靈異、鬼怪、異次元世界等等這類路數有關的書寫，那你會和我一樣，超愛這部小說：《鬥法》。爆發的殘酷想像，匪夷所思的情色場面，這部某種程度象徵台灣社會的詭異小說，很台，俗又有力，緊張刺激、高潮迭起。好看！

——李昂

把民間信仰與驚悚的類型結合，難得地創造出一種很台灣本土的驚悚小說，提供了有別於閱讀外國驚悚小說的台灣口味與樂趣。

——侯文詠

本書雖以《鬥法》為名，但寫『鬥法』的其實不多，主要是在寫台灣式的現代怪異故事。小說裡那種噬人魔，雖然來自東洋風，但其誇張、聳動的特性，卻又很有『台』味。這種新派的靈異魔怪小說，如果能寫得條理更嚴謹，敘述也更細膩一些，未嘗沒有可能開創出『台灣式史蒂芬・金』的路數。

——**南方朔**

故事的詭異恐怖氣氛掌握得很不錯，雖然某些轉折並不是那麼自圓其說，但整體的結構算得完整。許多細節極盡殘酷之事，是感官上的挑戰。

——**張曼娟**

集驚悚、怪奇、妖邪、異端於一書，步步驚魂，極具可看性。

——**廖輝英**

入圍感言

將滿三十歲生日的時候，我帶著浪漫和淡淡的感傷，想著要在這人生中意義重大的一年，寫一部關於中年危機的小說，做為自己三十歲的紀念。我努力地寫了一個月，還特地跑到屏東茂林「考察」郊區的房舍和鐵皮屋，做為小說的背景參考（但結果都在泡溫泉），後來書還沒寫到一半，就跑來台北一間動畫公司上班，接著，這件事就不了了之了。一轉眼，三十一歲生日就過了。那時候剛好離皇冠大眾小說獎的截止日期還剩一個月，我想著：『要是沒在截止日期內寫完，這本書應該是永遠都寫不完了！』不幸的是：當時公司要趕進度，我自己友情跨刀的漫畫雜誌的截稿日剛好也在相近時間，於是，那個月因為過得太痛苦，我似乎已經失去一切細節的記憶了！只記得到最後我活下來了！工作、漫畫、小說也全部都趕出來了！

幾個月後，我收到朋友的來電，恭喜我獲得小說獎入圍，還真是大吃一驚咧！更令我吃驚的是：幾個多年沒聯絡的朋友，竟然因為在《皇冠雜誌》上看到我的筆名，特地打電話來問候（可見得《皇冠雜誌》的曝光度有多可怕）。

多年來，我做漫畫，美術，動畫，都得到過正面的評價，但真要說起來，那些大多是配合職場機制的產物，而唯有在寫小說的時候，因為沒有任何目的，總是自由自在。相比之下，自己的小說能受到肯定，對我而言更有意義。這次能入圍皇冠的大眾小說獎（尤其又是跟那麼優秀的作品一起入圍），我覺得很開心，真的很開心。

〈月藏專訪〉

就是想逗樂你！

第七屆皇冠大眾小說獎入圍作品之一的《鬥法》，幾乎獲得評審一致性的評語：『可讀性高。』這部以台灣民間的風俗迷信為主軸的小說，充滿了刺激的驚悚恐怖感，十分引人入勝，如果在半夜閱讀，可能會讓人又害怕，又忍不住想發抖地看下去吧。不過《鬥法》的作者月藏，本人可一點也不古怪，不但外表時尚，個性也非常幽默風趣。目前在動畫公司擔任編劇企劃的月藏，背後有著什麼樣的精采故事呢？

為了漫畫，拒絕聯考

一九七六年生，在高雄眷村長大的月藏，從小喜歡畫漫畫，到了高三時，就已經在漫畫雜誌上刊載自己的創作。由於國、高中都是念升學為主的學校，高中讀的還是第二類組，月藏說：『雖然我成績不錯，但念書念得很辛苦，升上高三後，我就想：「天哪！難道大學四年也要過得這麼辛苦嗎？」加上那時覺得畫漫畫很神氣，所以就決定：我不要去考聯考！』

在瞞著家人的情況下，月藏成為全校唯一沒去考大學的人，他的父親是地方士紳，爺爺也是有學問的人，所以一直希望孩子們能在念書上有點成績，但萬萬沒想到——他居然化身『拒絕聯考的小子』！月藏有點不好意思地笑：『我們家很少罵小孩，印象中爸媽也沒吵過架，當我爸知道之後的一個月，每天都喝到爛醉才回家，所以我知道他是真的很生氣。』

月藏回憶說，剛到台北做漫畫助理時，只能睡頂樓加蓋的房間，窮到沒錢買冷氣跟電風扇：『以前在家裡算是過得不錯，從沒想過真實世界竟然是這樣子。』不過一段時間後，月藏的父親有天終於忍不住了，『捏造』了朋友結婚的理由跑上來台北，再假裝『順路』經過月藏住的地方，『事實是帶錢來給我啦。』他笑著說。

有趣的是，後來同學跑來跟他炫耀：『讀大學真是超好玩的啦！』讓月藏非常驚訝『什麼？原來大學是好玩的地方？』據說這件事在當時，的確有讓他後悔了一下下……

工作經驗：一切是謎

雖然有著滿腔熱血，想在漫畫創作上有所發展，但礙於國內漫畫產業萎縮，後期甚至缺乏空間發表作品，於是月藏決定轉戰跑道，到遊戲、動畫業界發展（不過他強調，他到現在還持續在創作漫畫，從沒放棄過）。很妙的是，那時候人家請他去某遊戲公司當視覺監製，『但其實我也不知道要幹什麼，』他說，『我沒有平面設計的經驗，不會用排版設計軟體，可是他們每天就會把設計好的版面拿來給我，看哪邊有缺什麼。』

工作了一陣子後，月藏決定回高雄當SOHO族，做網路動畫的接案，『我也搞不清楚自己在幹嘛，結果第一次做3D動畫，就得了一個國際的獎，用的成本還超低。』

因為某些契機，約兩年前，月藏又回到台北的動畫公司當上班族，他說，同事常會聊到外國的某某動畫學院或是製片公司，『並且習以為常的用英文說那些公司的名字。』問題是，他一家都沒聽過，只好在大家熱烈討論時插嘴：『請問剛剛那家×××是什麼？』據說這時全場會愣住，不過大家還是會很親切的解釋給他聽。面對自己誤打誤撞的職場人生，他笑嘻嘻地說：『我也不知道怎麼解釋耶，這一切都是謎啊。』

（編註：別聽他搞笑，其實他可是得過不少動漫獎項，厲害得很呢。）

寫作契機：紀念三十

而一路都在畫漫畫的月藏，為何又轉入了小說創作的跑道呢？（這一次的回答，就不是謎了。）

『漫畫圈裡的朋友會互相幫忙，例如能言善道的人，會去跟出版社談合作，我的話就是把故事腳本寫出來，讓朋友可以改編成漫畫。』這成了月藏在寫作上的首次經驗，而且還讓他覺得：『哇！用寫的好像比用畫的快耶！』

至於創造《鬥法》的契機，也很有趣。

『當初是我在高雄跟姪子玩，我突然想到：他的叔叔我啊，其實是個怪物！我姪子是一個正義使者，長大後就會打敗我，把我大義滅親！我想這可以拿來當短篇單元劇的故事，不過只是想想，沒有真的動手。』

直到有一天，月藏發現自己即將邁入三十大關，覺得好像該做些事來紀念，『像有些人滿幾歲時會跑去高空彈跳，或是去喝酒，對我來說，就是把一篇小說寫完，然後去投一個比賽。』他說。

雖然創作過漫畫腳本，但總體而言，月藏在寫小說方面沒有太多經驗，他說自己是在一種『本人也不知道故事到底會如何發展』的情況下在寫作的。每次人家問他：『那接下來呢？』他就會理所當然的回答：『我也不知道耶！』

當《鬥法》寫到一半時，他真的想不出來了，『就先把它丟開不理，去過我快樂的人生。』他說。結果這一『快樂』，就是半年，直到截稿時間快到了，月藏心想：『再不把它寫完，我大概一輩子也不會完成這部小說吧？』於是下班後，便回家乖乖寫作，截稿前幾天還特地跟公司請假，一口氣把小說趕完。

月藏說：『寫小說那陣子，我正在忙一堆有的沒的，所以中間的過程已經想不大起來，只記得寫完後，跑去買了一台噴墨印表機，趕快印一印、寄一寄，加上我有漫畫家的習慣，稿子交出去後就再也不理它，要繼續進行下一個創作，於是我就忘記這件事了……

『直到前陣子，我朋友跟我說《鬥法》入圍了，我才趕快上網去看消息，那感覺很奇妙的，我覺得評審對我的評價也滿妙的，感覺他們好像集團觀看了「玫瑰瞳鈴眼」似的。』（編註：一齣集怪力亂神、懸幻奇情於一身的電視單元劇節目。）

未來願景：想逗樂你！

一直都在動漫業界工作的月藏，並不像一般『搞創作』的人，似乎會在無形間自喻為藝術家，他不但一點架子都沒有，想創作的目的也很簡單：『我覺得自己就是一個娛樂產業的工作者，希望可以做一些東西，讓讀者、觀眾看了有興趣，可以調劑生活、打發時間，總之，我就希望可以逗樂你！』

當提到《鬥法》的閱讀娛樂性真的很高，連評審南方朔也稱讚他『這種新派的靈異魔怪小說……未嘗沒有可能開創出「台灣式史蒂芬·金」的路數』時，月藏做出幽默的表情，半搞笑半認真的說：『那是因為我就真的很「大眾路線」啊，我要保持這個最高指導原則！要做到老少咸宜！』

由於美國驚悚大師史蒂芬・金的小說經常被拍成戲劇，本尊也時常在戲中演一角，忍不住問月藏，要是《鬥法》將來被改編成戲劇，他最想演誰呢？只見身高一八〇公分，體重卻只有六十公斤的月藏，『故作』理所當然的口氣說：『當然是演叔叔啊！因為我描述他就是個瘦乾巴的人，我來演，最合適了！』

作者簡介

孫天鏞，筆名月藏，一九七六年生於台灣台北市，但打從有記憶開始，都是在高雄的眷村長大的。高中三年級的時候，在同學們愛看的漫畫雜誌上發表了一篇作品，之後便自認是漫畫天才，毅然放棄聯考，開始從事漫畫創作。到一九九九年之前共發表了數千頁的長篇漫畫，一本小說，也擔任其他漫畫創作者朋友的編劇。二〇〇〇年進入遊戲公司擔任視覺監製，才首次踏出漫畫出版工作，陸續接觸其他不同的創作平台。目前則在一間動畫公司擔任編劇企劃。

目錄

一、楊世德

雨後的鄉間道路發出陣陣奇怪的味道，潮溼的柏油路，被攪動過的水溝裡的水，泥土，還有動物糞便的味道。

楊世德把黑色進口轎車停在滿是雜草和碎石子的路邊，從車內走了出來，沿著一片禿黃的空地，來到一棟殘破的兩樓透天厝前，他四處看了看，臉色又顯得更疲憊了。

已經有多久沒回來了？

這裡是他從小生長的老家。他和祖父母在這裡度過他的童年，直到上高中後才離開。那已是二十多年前的事了。

兩年前，楊世德剛上小學三年級的長女失蹤了，沒過多久，就陸續收到女兒的手指。他幾乎要發瘋了，用盡了所有的辦法，找了所有警界和政界的朋友幫忙，可是完全沒有任何綁匪的消息，沒有電話，沒有要求贖金，什麼都沒有，只是陸續收到女兒其他的部分。一年過去了，他打開最後寄來的箱子，纏滿膠帶的瓦楞紙箱，箱子裡是女兒的頭顱，耳朵眼睛鼻子都早被切除又癒合，但他一眼就認出那是他的女兒，曾經一直鬧著要跟爸媽一起睡的女兒，曾經愛撒嬌愛發脾氣的女兒。

楊世德剛上任市議員不久，多少有些黑道白道的敵人，但他想不起有任何人會恨他到這種地步，折磨他的愛女一年，才置其於死。他那律師老婆為了這件事，大半時間都住在醫院。一年過去了，儘管有幾次楊世德偷偷躲在書房裡哭得天昏地暗，但大部分時間裡，他還能應付平常的生活，他親自接送小女兒上學，每天去醫院探望已不太會說話的老婆，鮮少再與情婦往來，一切似乎要恢復正常，直到兩天前，他的小女兒也失蹤了。

為什麼選在這樣的時候回到這鄉下的老家來？

楊世德也不確定，但這兩年來，他不斷想起童年記憶中的某些模糊的片段。

他走進早已沒有大門的透天厝，一樓客廳地上滿是積水，窗戶旁也長出綠色植物，通往二樓的樓梯已曝出些許鋼筋，鐵鏽染紅了水漬的痕跡。楊世德還依稀記得：在這裡，有一排鋪著軟墊的藤沙發，爺爺曾在這裡陪他看卡通玩遙控車，奶奶曾在這裡一口一口餵他吃飯，他還記得，那個老舊的電視機很早就壞了遙控器，爺爺就走前走後幫他轉台，想到這裡，他的眼眶轉紅。他深吸一口氣，緩步離開透天厝，往屋後走去。屋後有一條小路，像是通到屋後那片長滿植物的小山坡。

楊世德遲疑了一下，在他搬離老家的這二十年來，他總是懷疑是不是真有這條路，或者，這一切都只是童年的那些亂七八糟的幻想。現在他看到了這條小路，心跳也不由得加快。他小心翼翼似地走上這條小路，泥濘沾滿他的義大利皮鞋，蔓生的樹枝掠過他的臉，在小路的盡頭，是一片幾乎被樹木遮蓋的平地，地上鋪了些波浪瓦片，一路延伸到平地盡頭的破舊鐵皮屋。楊世德打了個寒顫，這鐵皮屋就跟他記憶中一樣，沒有門也沒有窗，屋頂上爬滿了枯黃的植物。

『叔公？』楊世德乾啞地叫了一聲。沒有回應，周圍靜得詭異，連雨後的蟲鳴都聽不到。

楊世德愈來愈覺得全身發毛。他幾乎開始確定，童年混亂記憶裡的那些事，對！那些事恐怕都是真的！

這要從他小學二年級的時候說起，那一年他父親入獄，母親也早已跟父親離婚並改嫁，於是小楊世德被爺爺奶奶接到老家這邊住，印象中，爺爺奶奶對他非常疼愛，就這樣過了一陣子，生活倒也算是無憂無慮。沒過多久，他發現了這條通往後山的小路。

『那是你叔公，也就是爺爺的弟弟，他住在後山那裡。』爺爺這樣跟他說，『叔公生病，很嚴重，所以你不要到後山那裡去喔！不然傳染給你，你也生病，那就糟糕了。』

小孩子的好奇心是什麼也擋不住的。爺爺說完的第二天，小楊世德就趁爺爺奶奶不注意，偷偷溜到後山。那天正值盛暑，乾裂的泥土小路，樹梢，銀色的大型水塔，四處反射刺眼的陽光。小楊世德看到現在的這座鐵皮屋，陽光照在光禿禿的屋頂和牆板上，刺眼又荒涼。四周同樣靜得出奇，沒有蟲鳴也沒有風聲，他悄悄走近，沒看到任何門窗，只聞到一股像是潮溼泥土的氣味。

『叔公？叔公？』小楊世德大聲叫著。

還沒有任何回應，卻忽然一陣風吹過，鐵皮屋周圍的樹叢發出震耳欲聾的摩擦聲，夾雜著尖銳如金屬的聲音，小楊世德嚇得僵住了。

『小世德啊？』屋裡傳來一陣低沉的人聲，『你太瘦了！你該多吃點！』

『叔公？叔公你在裡面幹嘛？你出來啊！』

接下來就沒有任何回應，適才的風聲也消失，一切又恢復安靜，只剩小楊世德在鐵皮屋外叫嚷的聲音，他想要敲打牆板，但不知怎麼地卻又覺得害怕。

過了幾天，耐不住小楊世德的追問，爺爺才開口：『你叔公啊……是爺爺最小的弟弟。我的爸爸，也就是你的曾爺爺，當初最疼的就是你叔公。那時候我們為了種菜和地瓜，我得背著籮筐去路上撿狗大便，你叔公咧……就陪著曾爺爺在家裡喝茶……後來，後來叔公就生病了，病得很嚴重……』

接下來的事情，記憶就更模糊了。

楊世德好像記得，那時學校裡有同學失蹤的事，好像還不只一個，印象裡，好像跟住在這鐵皮屋裡的叔公有關，或者說，好像跟自己有關。

現在，長大成人的楊世德站在這裡，荒廢的鐵皮屋附近仍然一點聲音都沒有，他感到身體僵硬，隱隱地，似乎有一種恐懼感，令他呼吸困難。

爺爺奶奶在他當兵前後相繼過世，理論上，即使那個叔公真的存在，現在應該也不在世上了吧？

楊世德走下小山坡，回到自己的車上，從駕駛座旁拿出一支鎖方向盤的龍頭鎖，又緩步沿著小路走回鐵皮屋那裡去。小路似乎變得愈來愈長，像是怎麼也走不完，楊世德喘著氣，覺得自己愈來愈矮小，他腦中一片混亂，記憶的深處，有什麼東西像要竄上來，他盡力壓抑住，握著龍頭鎖的右手微微地顫抖。

他想起一個名字，小學時坐他後座的同學的名字，他記不起臉孔，只想起一個名字。小學時這個同學打翻過他的便當，那天下午，小楊世德帶著這同學來到這條後山坡的小路，他隱隱記得，同學的手上抓著一根細竹子，邊走邊揮舞著，他們走上這個小山坡，此後他再也沒見過這同學。楊世德開始冒汗，手心發冷，對！還有另一個同學，不！還有那個綁馬尾的女生，不……不只他們……楊世德的雙腳愈來愈軟弱，他走上這條小路，恐怖的記憶朝他迎面撲來，他看到小時候的自己，帶著一個又一個沒有臉孔的同學們，走上這條小山路，一個又一個地，這些臉孔都沒再出現過了：坐在靠窗位置的那個壞脾氣的同學；繪圖課時借自己彩色筆的那個女生；愛打他的那個眼鏡仔；隔壁班的大個子……都沒再出現過了，他們和他們迷失在記憶中的臉孔，一起消失在這條小路的盡頭。

『不可能！如果這些都是真的，我不可能會不記得吧？』

『如果真的有那麼多小孩在這裡失蹤，不可能一直都沒人追究吧？』

只有小孩子嗎？

好像……還有……

楊世德忽然全身發冷，寒毛直豎。他又想到另一個名字。

高中二年級的那一年，楊世德滿臉青春痘，身高不到一百七。那時他深信自己愛上社團的學姊，跟他一起參加校際英文演講比賽的學姊，一頭短髮，生氣時很愛拿課本打人的學姊，笑起來很大聲的學姊。天吶！此刻的楊世德走在這條小路上，心裡像是被揪住了一樣，那個曾讓他無數夜晚睡不著覺的學姊，她的臉孔是那麼地清晰，好像眼前就有張她的照片似的。那時候，就在他煩惱要怎麼跟學姊表白的時候，他的死黨……是啊……叫什麼名字……對了！杜書賢！對！就是這個名字！個子高籃球又打得好的那個男生，對！杜書賢，他告訴楊世德他和學姊剛在交往，然後，不久又報告了他的初吻。

楊世德哭了好幾次，然後就決心要忘了學姊。他高中畢業，考完聯考的那個暑假，杜書賢跑到這棟老房子來找他，他們一起去附近小溪玩水，去廟裡拜拜求上榜，去逛了電動玩具店，晚上，跟爺爺奶奶一起吃過晚飯，他們倆拿著手電筒，在沒有路燈的馬路上閒晃；夜深了，杜書賢吵著要回去楊世德房裡睡覺，可是楊世德卻一點也不想睡，他滿腦子想著學姊的事，卻又沒辦法開口問，他領著杜書賢緩步走回家，滿身大汗，那天晚上的鄉下安靜得有點恐怖，楊世德往家門走了幾步，又停住了，他抬起頭，看著通往後山的那條小路，在月光下像一條蠕動的大蛇，那一瞬間，他記起了好多張面孔，小孩子們的面孔，他心跳忽然加快，甚至有些呼吸困難，他回頭看了看滿臉倦意的杜書賢。

『走！我帶你去後面那邊看看！』楊世德的聲音像是在發抖，可是杜書賢完全沒注意到，勉為其難地跟著他走上小山坡。

現在記憶愈來愈清楚了！

楊世德領著杜書賢走上小山坡，四周一片漆黑，他用手電筒照了照鐵皮屋，鐵皮屋比上一次見到時還老舊許多。

『這裡是哪裡？』杜書賢站得遠遠的。

『我叔公以前住在這裡，我上高中之後就沒來過了，應該已經死了吧！』

『你叔公住這喔？』

『對啊……他……』楊世德話還沒說完，忽然『呀』地一聲，鐵皮屋的門打開了，從來不存在的門，就這樣很自然地打開了，聲音雖然輕，可是在靜得聽得到自己呼吸聲的那一晚，這開門聲卻充滿了四周的空氣。敞開門的鐵皮屋裡一片漆黑，蒼白的月光照出門前的一個人影，身形瘦得像樹枝，一動也不動地站在那裡。

楊世德和杜書賢僵在原地，睜大著眼睛。

『阿賢！』黑色的人影開口說話，讓人背脊發涼的聲音，那聲音，像是從深井裡傳出來的一樣。

楊世德覺得一片天旋地轉。

第二天，楊世德獨自從自己床上醒來。他坐在床上，不停地大哭，從那天起，他再也沒見過杜書賢，那個曾在他打球扭傷腳之後，每天中午幫他買便當的死黨。

之後楊世德離開老家，再也沒回來，爺爺辦喪事的時候，他也沒順路回來看一眼這老房子。

現在，楊世德重新走在這條小山路上，頭昏腦脹，像是就快要站不穩。

『不是真的吧？這些事不是真的吧？不是真的有發生過吧？不然為什麼我會忘記？』

『如果真的有人失蹤，為什麼警察沒來問話？為什麼沒人來查這件事？』

他腦中不能停止地想著一件事：那個叔公，如果他真的存在，如果他不是自己年輕時的幻想，那個曾住在這鐵皮屋裡的叔公，曾讓他記憶裡的每一個來到這裡的朋友都消失的叔公，他，跟自己失蹤並被肢解的女兒到底有什麼關聯？

他想起他的兩個女兒，眼前浮現她們一起窩在房間裡的畫面：她們倆表情認真地照顧排在地上的布娃娃，之前在動物園時買給她們的猴子，青蛙，還有獅子的那些布娃娃，女孩們給布娃娃蓋被子，有說有笑地。然後，他又想起自己的小時候，帶著學校裡的同學，走上這個小山坡，在鐵皮屋前停住。那時候的他就已經知道了，跟在他身後的同學一旦走上這小山坡，就再也不會出現了。

兇手是那個住在鐵皮屋裡的叔公！

不！兇手是楊世德自己！

『不是真的！拜託……不是真的！』

他喘著氣，走到鐵皮屋前，高舉手中的龍頭鎖，用盡全力撬開鐵皮屋的牆板，忽然，一陣風吹過，周圍的樹叢開始搖動，發出尖銳刺耳的聲音。鐵皮屋的牆板像玻璃般碎裂開來，牆板裡面，支撐鐵皮屋的鐵架也跟著傾斜變形。楊世德只從裂縫裡看了一眼屋內，就忽然覺得天旋地轉，像是那天他帶著杜書賢來到這裡的那晚一樣，像是他之前帶著其他的朋友來到這裡的時候一樣，他跌坐在地上，身體蜷在一起，隔了一會，開始吐了起來。

那鐵皮屋裡面，什麼都沒有。沒有床，沒有桌椅，沒有廁所，什麼都沒有。泥土地面上只有一個大洞，像淺井一樣的大洞，洞口是方形的，大約一個人的高度那麼深。光線透過被砸裂的牆，照在光禿禿的屋內的牆上，牆上寫滿了紅字，密密麻麻的，有些是字，有些是奇形怪狀的符號。楊世德撬開牆板的那一刻，剛好看到牆上的字跡裡，有一排寫著：

己酉　杜書賢　四宮　陽火　陽金　陰土　陽水

就在這排紅字的旁邊，另一排紅字寫著：

庚戌　七月初二小世德　你找到了嗎

七月初二，那剛好是今天！

風愈吹愈烈，落葉和灰塵揚起，破舊的鐵皮屋搖晃著，發出尖銳的金屬聲。

二、林德生

林德生通常只有喝得很醉的時候，才會在女朋友的床上醒來。

他有好幾個女朋友，他從來不會把她們的任何細節搞混，從不欺騙她們，也從不讓她們知道什麼；最重要的是，除非他真的喝得很醉，不然他從不在她們家裡過夜，從不在她們的床上醒來。但是，剛好昨晚他喝得爛醉如泥，什麼都不記得了，他躺在這張鋪了米黃色床單的床上，全身都是汗，悶熱的空氣加上宿醉讓他輾轉反側，好一陣子，才懵懵懂懂地被自己的手機聲吵醒。

『喂？林德生。』他接起手機，聲音乾啞模糊。

『喂！我是小羅，』電話裡一個男人的聲音說著，『你上次那筆錢還沒匯過來？不是說星期五嗎？』

『哪次的錢？』

『你媽的！』對方口氣馬上變得極差，『上次那個三星股東的案子！我給你的那份詐欺前科的影本，你媽的！錢不是說上個禮拜五進來？今天禮拜幾了？你想搞我？你不要搞不清楚狀況！』

『等一下，小羅，』林德生緩緩坐起，『我們認識多久了？兩、三年了吧？我哪次賴過你的帳了？』

『你說話到底算不算話？你這種信用以後誰要幫你？』

『我跟你解釋，我最近手頭很緊，上次那個三星的老闆開了張芭樂票，我跟他會計說了，這兩天錢會匯過來，我拿到才能再匯給你嘛！』

『那屄央有沒有說什麼時候匯？』

『說會盡快。』

『這個禮拜五。禮拜五錢再沒進，咱們就他媽的看著辦！』

『你先聽我把……』

『你局裡也沒幾個朋友啦！媽的！自己想清楚！』對方說完就掛了電話。

『操你媽的！』林德生把手機丟在一旁，然後躺回床上，深吸了一口氣。

天光從深色窗帘的縫隙透進來，看得出來外面是烈日當空。他慢吞吞地爬起床，看到自己的衣服被仔細摺好放在床頭，更旁邊，擺了一瓶沒開封的礦泉水。他四處看了看，皺起了眉頭。

『媽的！這裡又是哪裡？』

林德生站起來，行動遲緩似地穿上衣服。他有一百八十六公分的傲人身高，曾經有內衣男模那樣健美的身材和英俊的臉孔，但是現在他穿上卡爾拉格菲的窄版西裝褲時，還得深吸幾口氣才能扣得上鈕子，而他今年也不過才三十三歲。他穿好衣服走進廁所，洗手台上除了一個乾淨的漱口杯跟一支牙刷外什麼也沒有，磁磚地板是乾的，看起來比飯店的廁所還乾淨，他扭開水龍頭，卻沒有半滴水，他走回臥房，一口氣喝掉床頭櫃上那瓶礦泉水，然後四處走走看看，這間差不多四十坪大小的公寓，幾乎沒什麼家具，客廳裡擺了看起來很俗氣的紅棕色皮沙發，沒有茶几或櫃子，也沒有冷氣或電扇。林德生剛穿在身上的襯衫已經被汗溼，幾乎是黏在皮膚上了。

『什麼鬼地方？』

他想離開時，才發現大門似乎被鎖住了。他強忍著怒氣和頭痛，心平氣和似地拿起手機。

『喂？開鎖行嗎？我被反鎖在家裡，請你過來一趟。』

『等一下，我抄一下地址。』

林德生愣了一下。對！他根本不知道這間公寓的地址。

他的手機亮起了電力將盡的警示燈，沒隔幾秒就關機了，他放下手機，在屋內找了找，沒有室內電話，現在他很肯定，這間公寓根本沒有住人，只是他實在搞不懂自己為什麼會在這裡。他翻了翻外套，菸盒裡只剩一支菸，可是翻遍了所有口袋也找不到打火機，他走到廚房，沒有瓦斯，試了試電源開關，也沒有電。

林德生呆呆地站在客廳，忽然覺得自己的處境很可笑，可是卻笑不出來。這時候，大門忽然被打開，一個穿著藍色制服的矮小老人站在門外對林德生微笑，招了招手。

『我是大樓管理員啦！』老人沒打算要走進屋裡的樣子，『王太太剛才打電話給我，說你沒鑰匙可能出不來，叫我十點來開門。不好意思我上來晚了。』『你剛才說誰？』林德生忽然臉色一陣慘白。

『我是大樓管理員。』

『不是，你剛才是說王太太？還是黃太太？』

『王太太。』

『哪個王太太？』

『王醫師的太太。』停了一會，『你是林先生吧？』

『我是。』

『喔！那應該就沒錯了。我門給你開著，你收拾好了把門帶上就行了。』

林德生隨口應了一聲，老管理員隨即轉身走了，他馬上拿起外套，跟著走出去，剛好趕上跟老管理員搭同一班電梯下樓。電梯裡，他想多問些關於那個『王太太』的事，她的全名，大概幾歲了，做什麼的……

『你有打火機嗎？』林德生輕聲地。

『不好意思，沒有。我戒了很多年啦！』老管理員笑咪咪的。

就這樣，林德生逕自走到地下停車場，開了他那台黑色ＢＭＷ車門，先把手機插上充電座，然後開車離開。當他駛離這棟公寓大樓時，忽然一陣強烈的不安感湧上來。

『為什麼我好像來過這裡？』

對！為什麼林德生會對這棟公寓這麼熟識？他一起床，馬上就知道廁所的位置，客廳和廚房的位置，甚至電源開關，他也知道他的車會停在地下停車場的什麼地方，為什麼他會知道？

老管理員口中的那個『王太太』更是讓他全身發寒，宿醉醒了大半。

姓王的人很多，林德生認識無數個王先生王太太王小姐，可是，這種詭異的感覺，馬上就讓他想到『那個』王太太。只不過，『那個』王太太已經死了很多年了。

真的死了嗎？

這件事要從十年前說起。

十年前，林德生剛退伍，在一間小規模的通訊器材行當業務。他那好不容易熬過兵變，已經談婚論嫁的女友卻決定去澳洲念書，兩個人為此吵了一架，隔天就分手了，那時候，他的壞心情影響到工作和業績，被老闆盯上，眼看就要被開除了。

那一天，林德生同樣帶著一張臭臉，和幾支電話機，到一棟市中心大樓裡的新公司裝機。一切都很平常，辦公大樓裡那些氣派豪華的裝潢和穿著筆挺套裝的員工他都已經看膩，不同的只是，這間剛施工完成還帶著油漆味的新辦公室，卻連一個人影都沒有。辦公室的玄關立了一面牆，牆上整齊地嵌了數十片方形的銅片，每片銅片上的花樣都不同，有些看起來像文字，有些只是奇怪的符號。林德生呆站在玄關前，一臉茫然，也不知道過了多久，身後傳來一陣腳步聲，他回頭，一個穿了件俗氣大花洋裝的中年女人向他走來，身後跟了兩個年輕的女人，像男人一樣穿著襯衫打了領帶，一個長髮一個短髮。

『林先生是吧？』那穿著大花洋裝的中年女人開口說話，聲音像小孩子一樣細，跟那身老氣的裝扮和彷彿三十年前的女星一樣的髮型實在很不搭，『可以開始了，就先從總機這邊，然後那組子母機是要裝在我的辦公室。』說完，她和身後那兩個穿男裝的女人腳步沒停地走進辦公室，林德生也跟了上去。

那中年女人頭也沒回，走進一間玻璃隔間的小辦公室，小辦公室裡的桌子很長，看起來倒像是會議室裡的那種桌子。中年女人走進這間小辦公室後，那個短髮女人也跟著走進去，然後把門帶上，隔著玻璃，可以看到那中年女人一邊講手機一邊走來走去，站在旁邊的那短髮女人則一動也不動。

『這裡！』另外那個長髮女人站在林德生旁邊，指著牆角，『還有這裡和這裡，電源插頭都在這邊。』

林德生在這個女人的催促下手忙腳亂地裝上電話機，沒多久，他再往那小辦公室看去的時候，那中年女人和短髮女人都不在了，只剩旁邊那個長髮女人不停走來走去催促他。就這樣搞了一下午，等他裝完電話機，正要離開的時候，之前那個短髮女人又走進辦公室，拿了一張支票給林德生。

『這張是現金票，』那短髮女人說，『王太太有加上小費，你先去銀行把現金軋出來，然後把你們公司的材料費拿回去，其他就是給你的。』

林德生低頭一看，嚇了一跳。

三十萬？

裝機費和材料費還不到七萬，這小費……剛好跟他一年的薪水一樣多。

『還有一件事，』那短髮女人接著說，『王太太找你晚上陪她打牌，你去不去？』

林德生愣了一下。

『呃……好啊！』

『你有車嗎？』另一個長髮女人走過來。

『車是公司的。』

『那你開我的車吧！』那長髮女人遞了一串鑰匙給他，鑰匙圈上有賓士的圖樣。

短髮女人從脖子上解下那條鐵灰色的斜紋領帶，也遞給他。

『這條是寶格麗的，雖然不怎麼樣，總是比你那條拉鍊式的好。』短髮女人說完，又拿出一張紅色的卡片，『你七點到福華找王太太，先陪她喝縣長女兒的喜酒，晚上才去打牌。』

那天傍晚天色暗得比較早，才六點多路上就一片深藍。林德生開著那台長髮女人借他的銀灰色賓士，車裡滿是女人的香水味，他覺得莫名地緊張。

那個王太太，為什麼會忽然要找他去喝喜酒去打牌？

如果說她想搞個像林德生這樣的小白臉，可是她在辦公室時卻瞧也沒瞧他一眼；如果說她想在牌桌上騙林德生的錢，老實講，他身上和戶頭裡總共加起來也沒多少錢。

他準時到了飯店，喜酒會場擠滿了人，個個珠光寶氣的，也有幾個寒酸的記者夾雜其中，他一回頭，就看到王太太朝他面前走來，她穿了件粉黃色的針織衫，配了件水藍色的裙子，手上脖子上戴滿了金飾和玉飾，簡直像個金光閃閃的小丑。

『待會跟人介紹，就說你是我外甥，我姊姊的兒子。』她挽著林德生的手，聲音細得像小孩子。

王太太沒找位子坐，只是拉著林德生四處跟不同桌的賓客寒暄，有的是什麼醫院的院長，有的是營造商，銀行經理，檢察官，立法委員，市議員，食品商，進口車代理商……每個都一副跟王太太很熟的樣子。

『我外甥現在在做通訊器材，』王太太彎腰笑著，『你們這幾個大老闆要是想裝電話，找他，裝什麼都免費。』

林德生睜大了眼，什麼都還來不及說，就被王太太拉到別桌去了，就這樣繞了幾圈，新娘新郎都還沒出現，王太太就拉著林德生離開飯店了。

一路上，林德生只顧著開車，一句話也沒說，心裡卻悶悶的。王太太坐在後座，電話講個不停。

王太太住在一棟看起來豪華但有點老舊的大樓，他們把車停在門口，一個穿著黑色西裝的管理員快步走出來幫忙停車。原本林德生打算說要先回去了，可是他話還沒說出口，王太太就一把抓住他的手臂，往大樓的大廳走去。

『你跟你女朋友分手啦？』王太太邊走邊問。林德生沒說話，只是跟著她走進黃銅色的電梯，『你真是笨喔！那個女孩子家世很好，你們將來結了婚，沒多久你就會開始飛黃騰達。』

『她爸今年要退休了，』林德生懶懶地說，『退休金要拿給她去念書，他們家不是什麼有錢人。』

『沒錯啊！可是她爸爸兩年後就會死了，你會繼承那一千七百萬的遺產和保險金。』

林德生睜大了眼睛，帶有些許憤怒地看著她，隨後，憤怒又漸漸轉為驚訝和不安。

『唉……』王太太像是嘆了口氣，聽起來虛偽得有點可笑，『一切都是命中注定的。』

出了電梯，林德生一眼看到王太太住的那一戶，玄關是黑色大理石和原木裝置的，看起來很高貴的樣子，可是地面卻鋪了厚厚一層玻璃珠，就是那種小時候他跟同學在玩的那種玻璃珠。

『你鞋子直接穿進來，不過，』王太太說，『經過玄關的時候要閉氣。』

『吭？』

『閉住呼吸走過去，這是我們老家的習俗。』

林德生之前的不悅和不安竟漸漸轉為一陣好笑，他強忍住，跟著王太太走進去。

『媽的！老太婆！妳是白癡嗎？』他心裡很想這樣大喊一聲，然後轉頭就走，可是他還是就這麼走進客廳。王太太的客廳比林德生整個家還大，這是一間樓中樓式的公寓，從裡面看很新，跟這棟大樓老舊的外觀挺不協調；更怪的是，所有家具幾乎都是白色的，地上鋪了白毛地毯，倚著牆擺了白色皮沙發，茶几是白色大理石，紋上一些金邊，電視和音響也套上訂做的白布套，兩樓高的落地窗也絞上白色壓花的窗帘，客廳茶几上的玉壺燒著檀香，濃得有些刺鼻。這間公寓，若要說氣派的話，用『聖潔』形容似乎更恰當，尤其對照在客廳裡走動的濃妝豔抹又穿著俗氣的王太太。她剛在白色皮沙發上坐下，一個年輕女人從廚房裡走出來，端了一盤切得很漂亮的水果，用染色的水晶玻璃盤盛著，她輕輕將盤子放在大理石桌上，林德生這才認出她就是今天下午在辦公室遇到的那短髮女人。他想向她打招呼，可是她連看都沒看他一眼。

『坐吧！吃水果！』王太太對站在一旁的林德生招了招手，林德生走過去，坐在另一排沙發上。『還有，』王太太又起一片哈蜜瓜，『我不是白癡，我說了，那只是我們老家的習俗。』

林德生嚇了一跳，他連看都不敢看王太太一眼。

『這沒什麼好大驚小怪的。』王太太接著說，『做我們這一行的，本來就有些察言觀色的本事，要看出別人心裡在想什麼，其實也不難。』

接下來是一陣沉默。那個短髮女人斷斷續續從廚房裡端出茶點，茶杯和酒杯，三個人都沒說半句話，直到門鈴聲響起。

『是李總的老婆和威王的大女兒。』王太太哼了一句。

短髮女人去應了門，一下子就聽到一陣女人的談話聲，王太太站了起來，林德生跟著站起來，接著，短髮女人領著兩個年紀都超過四十的女人走進來，大家坐下來，跟王太太寒暄一陣。一開始，幾個女人聊些股票期貨的事，沒多久，話題就漸漸轉成別人公司裡的八卦：哪個人的小老婆前陣子又欠了一屁股賭債鬧自殺；哪個人其實是同性戀，被騷擾的下屬還因此辭職；哪個人的公司早就被掏空了，卻還每晚泡在酒店……林德生坐在一旁，聽得津津有味，他怎麼也沒想到這些常在電視上露臉的大人物們，卻也有如此不堪的醜事。

林德生這時候還沒想到，怎麼王太太沒跟那些女人介紹自己，而那兩個女人也沒有想開口問的意思，直到門鈴聲又響起。

『啊！可給我等到了！』王太太趕快站起來，『縣長夫人總算來啦！』其他兩個女人也跟著站起來，接著，短髮女人領著一個肥胖的老女人走進來。

『不好意思，來晚了。』那老女人笑呵呵的。

『幹嘛這麼客氣？』王太太趕忙接著，『今天女兒出嫁嘛……難免啦！』

林德生這時才想起：對啊！今天不是縣長女兒的喜酒嗎？女兒出嫁，做媽的竟然這麼早離席跑來這裡打牌。

幾個女人邊說邊笑，走到客廳另一端，那兒早已擺好了一張麻將桌，王太太和另外三個女人才坐下，短髮女人馬上端來冰毛巾和茶水。林德生仍站在一旁，一臉手足無措的樣子，四個女人早已擲了骰子，搓起牌來，那個年輕的短髮女人這時才搬來另一張椅子。

『你就坐縣長夫人旁邊吧！』王太太對他笑了笑。短髮女人馬上把椅子移到那肥胖老女人旁邊，林德生跟著坐下。

『二筒！』那老女人一邊打牌，一邊回頭看了林德生一眼，笑得很慈祥，『好孩子，』她把手放在他大腿上，像摸小貓小狗一樣地溫柔，『把衣服脫了吧！讓我好好看看你。』

林德生這次真的是傻住了，腦中忽然一片空白。

說起來，幾分鐘前他也不是沒想過，如果真要陪這些老女人當中的哪一個睡覺，如果可以就這樣多拿個五萬十萬，他也未必會馬上拒絕；可是這麼突然一句話，讓他當場僵住了，一股強烈的憤怒湧上來。

林德生一句話都還沒說，短髮女人就走了過來，伸手把他上衣鈕釦解開，還沒全解完，那個肥胖老女人滿是珠寶的手就伸進他衣服裡，他身體馬上往後縮，表情像是驚恐，可是眼睛裡滿是怒意。王太太則端起手邊的茶杯喝了口茶，一副事不關己的樣子。

『好孩子，體格真棒。』老女人的手沒縮回去，還捏了捏林德生的乳頭，『這樣很舒服吧？』

碰的一聲，林德生倏地站起來，打翻了牌桌，桌上的碗碟和麻將牌嘩啦嘩啦散了一地，短髮女人差點摔一跤，牌桌上其他三個女人一臉錯愕，王太太卻只是面無表情地看著他。

林德生抓起剛才坐的那張椅子，用力往地上一摔，然後轉身快步離去。

『等一下！』王太太忽然大叫一聲，林德生回頭看了她一眼。『別忘了出門時要閉氣。』王太太小孩般的聲音像在命令似的。

『操你媽的！』林德生走到玄關，像是發了瘋一樣，拚命亂踢地上那些玻璃珠，爆出一陣陣輕脆的玻璃撞擊聲，接著，他走向電梯，可是沒走幾步，忽然感到一陣強烈的暈眩和噁心，他開始覺得害怕，跌跌撞撞地按了電梯，幾乎是逃命般，歪七扭八地衝出這棟大樓，他在馬路上招了計程車，一坐進車裡，就恍恍惚惚神智不清了。

那一晚，林德生坐在計程車上，往回家的方向駛去，車窗外的街燈像是蛇一樣不斷拉長，扭曲，接著，下起了毛毛細雨，窗外的景物都模糊了，那時候，他還不知道，一切都還只是開始。

第二天，林德生睡到中午才進公司。整個上午公司裡沒有一個人打電話來，他原本猜想今天就會被開除了，沒想到進了公司，老闆娘臉色出奇地和善，他坐在雜亂的辦公桌前，眼神呆滯似的，隔了一會，老闆走進來，竟然對他笑了。

『小林吶！』老闆幾乎是跳著走過來，『威王的經理剛才打電話來，說他們電話機舊了想全部換新，還指名要找你。人家是經理特別打電話來耶！你趕快回個電話，這次的單子有六百多台耶！還有，隆興飯店的高總也說他們台南那邊要裝機，也有個兩、三百台，說要找你去給他們估價。媽的這種好事也有輪到我的一天。』

林德生原本不是很願意。他擔心到這些地方裝機又會遇到那個王太太或她的牌搭子，不過，後來跟他接洽這些訂單的都是些普通員工，王太太沒再出現過，也沒人再提到。兩個多禮拜來，他幾乎沒時間坐在辦公室，幾間有名的公司行號紛紛打電話找他做電話機，甚至還有不少外縣市的訂單。老闆對他的態度也一百八十度大轉變，有幾次還叫老闆娘幫他買便當，最後乾脆把老闆娘在開的那台紅色喜美過戶給他了。就這樣又過了三個多月，這間原本小不拉嘰的通訊器材行就開始擴編：原本五個員工變成二十幾個員工，辦公室從小巷子裡搬到市中心大樓，甚至還請了總機小姐。林德生也莫名其妙當上了『業務經理』，薪水加倍，還有年終分紅。

到這時候，林德生才開始了解這個世界的運作。

在這藍灰色的天空籠罩下，城市中心那些嵌滿反光玻璃的大樓最頂端，那裡有一群人，或者說一個種族，他們有能力決定別人的命運，他們可以任意賜予或任意毀滅。他們或許很醜惡，但是他們一句話的分量，遠重於在地上爬行的那些悲苦的人生。

他把那台紅色喜美賣掉，把銀行裡的錢提出來，付了頭期款，買了一台黑色的ＢＭＷ３２０，然後，他開著這台黑色ＢＭＷ，一路開到王太太住的那棟老舊大樓。

『王太太正在等你。』大樓的管理員走過來，打算幫他停車，他猶豫了一下，才把鑰匙拿給管理員。

他走進了接待大廳，另一個看起來比較老的管理員走過來，做出恭敬的表情，領著他走到黃銅色的電梯前，幫他按好電梯樓層。林德生獨自搭電梯上樓，心情出奇平靜。他走出電梯，上次那個短髮的年輕女人站在電梯前等他，一樣穿著男人的襯衫領帶，她沒說半句話，也沒什麼表情，只是領著林德生走過玄關，『別忘了要閉氣。』她說，林德生笑了出來。他穿過玄關，走進寬敞的客廳，王太太一樣濃妝豔抹地坐在白色皮沙發上，對他笑了笑。

『坐吧！』王太太揮了揮手，林德生走過去，坐在上次他坐的那排沙發上。『坐過來點！坐我旁邊吧！』她又揮了揮手，林德生遲疑了一下，還是依言坐在她旁邊，才剛坐下，她就伸手過來握住他的手。

『我知道你在想什麼。』她說，『你不如來幫我做事吧！你現在在這間公司賺這點錢也不算什麼，而且你應該也知道，這間小電話公司撐不了多久。這些人總是搞不清楚狀況，才賺了點小錢就開始擴大，還以為自己時運到了，還以為以後會愈走愈順。總而言之，』她看著他的眼睛，『這些人都沒有去想過未來。你幫我做事，可以接觸到那些大官和有錢人，他們是核心人物，他們滿腦子想的就是未來，結果弄得自己神經兮兮，你隨便跟他們說些什麼，就足夠讓他們好幾天睡不著覺。太有錢，太有才幹，太聰明，那都是會遭天譴的。』

『王太太，』林德生小聲地，『那妳是做什麼的？』

『我啊……我幫這些人算命。』她緩緩爬到林德生身上，雙膝跪在他大腿兩旁，然後開始解開她的上衣鈕釦。『然後這些人就比較不會疑神疑鬼的，就這樣。』她脫掉上衣和胸罩，露出一對乾癟下垂的乳房，乳暈又大又黑。林德生不自覺地身體往後傾，背頂著沙發，王太太伸手脫掉他的上衣，然後撫摸他結實的胸膛。『啊……啊……瞧瞧你這身肌肉。』她的聲音忽然變得又粗又沙啞，像是一百多歲的老太婆的聲音，林德生嚇了一跳，他想馬上起身離開，可是王太太就這樣跨在他身上，他知道如果他推開這老妖怪衝出門去，就不會再回來了。

王太太盡情撫摸他的身體，眼睛像在發光，接著她又拉開他的褲檔的拉鍊，把手伸進去。林德生又往後緊靠，可是身體幾乎已經不能動彈。

『怎麼了，大傢伙？』王太太右手還在他的褲檔裡，左手摸了摸他的臉，聲音仍然沙啞低沉，『都到這裡來了，乾脆讓我瞧瞧你有多少能耐吧！之後我不會讓你後悔的。』她爬下沙發，扯下他的褲子，這時候，林德生看到廚房門後，那個年輕的短髮女人站在那裡看著他，眼光交觸後她馬上就縮進門後，沒再出來了。

那天晚上，王太太在白色皮沙發上像是發了瘋，又是亂抓又是尖叫；可是林德生印象裡只記得她的嘴跟她的私處一樣臭。

第二天早上，他在裝飾豪華的臥房裡醒來，感覺有人在給他手淫。他抬起頭，房間裡光線柔和明亮，他看到王太太穿著整齊的米色套裝，一樣濃妝豔抹，眼神專注地盯著他的陽具，右手不停地套弄著。他覺得噁心極了，想坐起身，王太太發現他醒來，另一隻手壓著他。

『噓……不要動，你躺好。』她的聲音又恢復成像小孩子那樣。

林德生猶豫要不要立刻起床離開。他躺著沒動，也沒覺得有什麼快感，但最後還是射精了。王太太滿手沾著他的精液，湊到鼻子前深深聞了聞，然後甚至伸出舌頭舔了起來。

『我要出門了。』她站起身來，『剩下的事我都交代小紅，她會跟你說，你要好好幹啊……』說完，王太太就離開了房間，留下全身赤裸，躺在圓形大床上的林德生。

現在回想起來，他已經不記得那時候的心情，只記得那天早上他緩緩爬起床，帶著像是宿醉般的頭昏腦脹。

他沒怎麼特別梳洗，只是迅速地穿好衣服，準備離開。他走到客廳，那個年輕的短髮女人坐在之前打牌的桌子旁等他，穿了一件很優雅的黑色洋裝。她站起來，朝林德生走過來。

『我叫小紅，之後就是你的助理。』她說。

短髮女人看起來有種個性美，整體來說有點偏瘦，五官細緻，那件合身剪裁的黑色洋裝把她白皙的皮膚襯托得更明亮，只是林德生把對王太太的厭惡感延伸到她身上，對她女人的身分不特別感興趣。『不必了！』他說，『我們老闆不可能給我請助理。』

『從今天開始，你就是老闆。』她說，『你們那個老闆，擴編得太快，又投資到吸金公司，現在資金都空了，上個禮拜到現在的票子都跳票，你只需要四百萬就可以把這間小公司買下來。銀行和債權人那邊，王太太都幫你說過了。』

『問題是我哪來的四百萬？』

『那簡單。』她拿出一張紙條，上面寫了一個地址。『迪榮陳總的老婆要訴請離婚，她手上有陳總和別的女人上床的證據，就放在她家裡電視櫃後面。你到這個住址去把那些東西拿回來，陳總馬上就匯四百五十萬給你。他老婆要求四千五百萬贍養費，按照規矩我們幫他搞定，拿一成。』

『可是我要怎麼拿？大剌剌走進去嗎？』

『那就是你得想辦法解決的事了。王太太說錢是救急不救窮，機會也只是給有能力的人。』

林德生有點被激怒，什麼都不想再多說，只是快步離開；小紅卻跟在他身後，一路跟著他上車，兩個人一句話都沒說。林德生一路開回公司，車子停在公司大樓前的路邊，他轉頭看了小紅一眼，像是在等她下車。

『你現在買下這間公司只要四百萬，』小紅看也沒看他一眼，逕自說著，『幾個月後，你這個老闆會再湊到錢，那時候他會用五、六百萬再跟你買回來，你現賺一、兩百萬，然後，你手上就有五、六百萬，你拿其中兩百萬開一間代書事務所，規模要小，小到不會引人注意，另外再拿一百五十萬去跟幾個警局裡的小官攀點交情，剩下一百五十萬再去跟幾個黑道的小角色攀點交情。記住，絕對不要碰那些大魚。你這點錢也買不動他們，而且還會讓你被人注意。』

『然後呢？』

『然後你會接到新的訂單。』

『什麼訂單？』

『調查，偷竊文件，找資料，散布謠言，合法的恐嚇，挑撥離間……簡單說起來，就是有錢人專門的打手，私家偵探，有錢人專用的〇〇七。仗著王太太的情報，沒什麼是你辦不到的。』聽到這裡，林德生忍不住笑了。小紅看了他一眼，『走吧！凡事都要有個開始，什麼事都等你先拿到陳總老婆那些證據再說。』

現在回想起來，那天應該就是林德生的初次出道了吧！

那一天，還不到中午，市區被太陽曬得像要燒起來一樣，路邊行人帶著苦悶的臉色，五官被陽光照得模糊。林德生帶著一股莫名的衝動，或者說莫名的瘋狂，來到這市區邊緣的湖畔別墅區。他看了看手上那張紙條上的地址，走到一戶看起來很普通的別墅門前，按下了電鈴，隔了一會，一個菲籍年輕女人開了門，他對她笑了笑，『我是來檢查有線電視的。』林德生的緊張讓他看起來像是靦腆，菲籍女人一句話都沒問就讓他進門了。他拎了個黑色小公事包，沒注意到和他偽裝的身分有多不搭。別墅裡，客廳也是挑高的樓中樓，但家具陳設都相當簡單，灰綠色的布面沙發，仿清式的小矮櫃，窗帘還是平價的百葉窗，不知道為什麼，林德生對這裡的感覺好極了。他走到電視櫃前，把頭探到電視機後面，東翻西翻，馬上就在旁邊音響櫃夾層裡找到一個牛皮紙袋，趁著菲籍女人去廚房倒茶，他輕輕鬆鬆地把牛皮紙袋放進自己的公事包。

『你是哪位？』客廳旁的樓梯上方走下來一個女人，雖然有點年紀，但看起來儀態端莊，容色秀麗，她邊走下來邊盯著林德生看。

『不好意思，我是來檢查有線電視的。』

『我們沒裝有線電視。』那女人還沒說完，樓下那菲籍女人就端了茶走出來。

『啊！』林德生拿出那張寫了地址的紙條，『請問妳這裡是澄清路二二三號嗎？』他故意念錯門牌號碼。

『二二三號在隔壁。你走出去轉個彎就到了。』說完，女人停住腳步，沒再走下來，只是對著林德生笑了笑。

『不好意思，謝謝！』

『喝杯茶再出去吧！』那女人聲音很溫和，『外面熱死人了，你先喝杯茶吧！想要借廁所的話琳達會帶你去。』

『不用了！謝謝！』林德生覺得心跳加快，像是有些心痛。

他對眼前這個女人印象好極了，可是現在他正在偷她的東西，很重要的東西，他不敢去想失去了這東西她的下場會如何，他不敢去想這一切到底是誰對誰錯。他邊裝著抱歉的笑臉邊逃出門去，那菲籍女人跟了出來，笑得很友善，關上門前還對他揮手道別。

他快步跑回自己那台黑色的ＢＭＷ，背上臉上滿是汗水，他鑽進車內，小紅坐在駕駛座旁邊，他把公事包丟給小紅，然後馬上倒車離開。小紅打開公事包，從牛皮紙袋裡拿出一疊紙和幾張照片，翻來翻去。

『這陳總真是個變態。』她說。

林德生不敢去看。那些證據若愈是糟糕，他的罪惡感就會愈深。

是啊……現在回想起來，他的人生就是從這個時候開始扭曲的。

那個禮拜四，林德生的三個戶頭裡分別收到一百五十萬，總共四百五十萬，他拿出其中的三百八十萬買下原本工作的那間通訊材料行。兩個半月後，他原來的老闆拿了五百二十萬，把這間業績已在下滑的公司又買了回去。差不多同一個時間，林德生在報紙上讀到某進口家電代理商妻子服藥自殺的消息，他一眼就認出是住在那間湖畔別墅的女人。

罪惡感其實是一種很糟糕的東西。受罪惡感所苦的人多半不會回頭是岸，而是尋求麻痺；其中也有些人，為了掩蓋或忘卻身上的那片汙點，於是就乾脆把全身染黑。

林德生跟人租了執照，成立了一間小小的代書事務所，員工只有小紅一人。他有時幫客戶挖出他們敵人的祕密，前科，假帳，醜聞，甚至隱疾；有時幫客戶竊聽別人的電話；有時只是幫忙找人，大都是他們捲款失蹤的合夥人或小老婆；有時還會找幾個看起來挺唬人的小流氓去幫客戶嚇嚇他們的仇家……他的生意不錯，應酬也變多了，晚上多半都跟些小混混或小警官泡在夜店，後來染上了一次淋病，之後才稍微收斂了點。

王太太每天都會打電話給他，告訴他一些客戶需要的情報或線索。可是儘管她怎麼討好，林德生也不願再見她一面，甚至，即使王太太的情報相當有價值，但是他只要一看到手機上顯示她的號碼，心裡就有一股強烈的厭惡感。

林德生想盡辦法要擺脫她，想盡辦法要忘掉跟她上床的那一晚。可是要躲開她並不容易，王太太似乎知道他的一舉一動，她在電話裡用像是小孩子一樣的聲音說著：『我現在就在你附近。你今天穿了一件灰色的襯衫，是紀凡希的吧？跟你的藍色領帶滿配的。你跟這個女的說這麼多幹嘛？省省力氣吧！她不會跟你上床的。上次那個齊峰銀行的案子談成了吧？你要怎麼謝我？我現在好想吃你的老二，啊……我真想念你那個紅色的大龜頭，真想吃一口。』那聲音聽起來簡直噁心到極點。

林德生心中的厭惡感與日俱增，他一方面痛恨這個老太婆，一方面痛恨自己，眼看冬天都還沒到，他就幾乎要崩潰。就在這個時候，小紅忽然檢查出卵巢癌，一住院就住了一個多月，這段時期事務所的所有事情都是林德生自己打理。他的心情糟透了，王太太每天好幾通的電話更是把他逼得快發瘋，直到有一天，南部寒流來襲，到了傍晚更是冷得要命，他也不記得是跟誰喝了一整晚，離開酒店時連路都走不穩，他走著走著，忽然心裡湧起一股強烈的衝動。

他想殺了王太太。

很多人都有過想殺掉仇人的念頭，可是在林德生的心裡，這股衝動愈來愈強烈，幾乎占領了他的思緒。

『從窗戶把她推下去。』

『把她的頭按到放滿水的浴缸裡。』

『用繩子勒死她再布置成上吊。』

『在她睡著時打開瓦斯。』

他每天一醒來就想著這些事，然後想著這些事直到睡著。他的臉色一天比一天難看，開始失眠，食欲減退。王太太的電話沒間斷，她在電話裡說的話也愈來愈下流，愈來愈令人作噁。隔了幾天，小紅從醫院打電話給林德生，他接起電話，才發現自己不是唯一一個發瘋的人。

『林大哥，你一定要救我。』小紅在電話另一頭哭得厲害，聲音顫抖得模模糊糊，『我快死了，我被王太太下咒了……她一定是對我下咒了……林大哥你要救我，我還不想死。王太太她……她一定是知道我的事了。她有養小鬼，她什麼事都可以知道。愛蜜死了，現在……現在輪到我了……』

不管林德生怎麼問，小紅仍是發了瘋似地哭個不停，也沒說『她的事』是什麼事，也沒說『愛蜜』是誰。林德生仔細回想，他過去也一直不覺得小紅對王太太有多忠誠，她總是面無表情，也搞不清楚在想什麼。但是，現在想起來，就像林德生當初是為了什麼目的去找王太太一樣，那麼，小紅應該也有她自己的目的，她從來沒透露的祕密。總之，無論這件事有沒有關聯，到了這一刻，林德生想謀殺王太太的衝動已經變成計畫了。他想好所有的流程，應付意外狀況的手段，湮滅證據的方法和所需要的時間，事後對警方的說辭，他全部想得一清二楚。當天晚上，他就開了車來到王太太住的大樓，他下了車，空氣冷得要命，管理員縮著脖子走過來幫他停車，『王太太正在等你。』管理員恭敬地說。

林德生從容地上了電梯，他心裡意外地平靜，就像半年多前他開車來到這裡的那晚一樣。他走出電梯，王太太家的大門是敞開的，他想著今晚一切都會結束，覺得隱隱地痛快。他走進王太太家，腳步停在客廳。

白色的客廳四處沾滿鮮紅的血跡，一隻女人的胳臂就靜靜躺在林德生的腳邊。他四處看了看，到處都是血和四散的屍塊，王太太的頭顱躺在廚房門前，眼睛睜大著，嘴角微微上揚，像是……

像是在笑？

他也不記得自己在那裡呆站了多久，就那樣一直看著地上的王太太的笑臉。

隔天，報紙登出王太太的空頭公司違法吸金，最後被受害的股東亂刀砍死的消息。林德生馬上就認出來了，那個砍死王太太的兇手，就是自己以前公司的老闆。當天的晚報，有一篇說警方查到王太太公寓裡有幾包古柯鹼，客廳裡的香爐裡有一根小孩子的手指骨，床底下畫滿符咒，玄關前的盆栽裡挖到包著人類頭髮和牙齒的小布包……這篇報導並舉出了王太太在上流社會裡的社交地位，幾乎直接暗示她是政商名流們的專屬靈媒。看到這裡，林德生馬上想起前一晚小紅在電話裡跟他說的那些，什麼下咒要害死她之類的事。他拿著這份晚報跑去醫院探望小紅，可是病床是空的，小紅消失了，沒人知道她去了哪裡。她之前的身分恐怕都是假的，林德生那些警察朋友幫他查了半個多月，什麼都查不到。

王太太的喪禮在三個禮拜後舉行。來參加的人出奇得少，那些所謂的大官大富是一個都沒出現。喪禮由王太太的表妹主持，她長得跟王太太像極了，只是看起來比較正派。封棺之前，林德生清楚地看到，棺材裡只擺了一套壽衣，沒有屍體，後來他才聽說那也是王太太老家的習俗，他們把屍體火化供奉，把死者的衣物封棺入土。

事情就這麼結束了。

王太太死後，林德生的『生意』也逐年冷清。他又請了個新助理，叫作小慧，除了偶爾在事務所沙發上跟他做做愛之外，這個年輕女孩根本什麼事也不會做，事務所裡所有事還是得靠他自己搞定。過沒幾年，他就幾乎接不到什麼像樣的案子了，他辭退了助理，靠十年前那台黑色BMW和風光時留下的一點存款撐到現在。前陣子三星企業的某股東要控告三星老闆，他接受了三星老闆的委託，調出了那名股東二十幾年前的詐欺前科紀錄，原本以為這下半年會比較好過點，誰知道三星那邊錢一直拖。現在猜也猜得到三星早已掏空了，產權應該也都轉移得差不多了，再過不久，三星老闆應該就會宣布破產，然後逃到大陸或海外其他地方，約定要付給林德生的錢，恐怕是一輩子都拿不到了。

現在，林德生開車離開早上那棟莫名其妙的公寓，盡量不讓自己再去多想那個『王太太』

的事。他一手扶著方向盤，一手在身上找菸。

『媽的！該死！菸咧？』

他伸手掏遍了外套上衣褲子口袋，找不到之前那包只剩一支菸的菸盒。『幹！一定是丟在那棟鬼房子裡忘了拿出來了。』他馬上就想起來，那時候他走到廚房試了試瓦斯爐，順手把香菸放在流理台上，對！那時候他沒仔細看，但現在一回想，那流理台上好像還擺了什麼東西。

林德生忽然全身寒毛直豎。

是香爐！廚房的流理台上擺了一個玉製的香爐。

他還來不及多想，手機就忽然響起，把他嚇了一跳，車子都差點開不穩。

『喂！林德生。』他慌張地接起手機。

『喂？』電話裡是一個陌生男人的聲音。『我想請你找個人，你現在可以過來岡山一趟吧？』

『好！我一會就到。請問怎麼稱呼？』

『楊世德。』電話裡那男人說，『你知道我嗎？李柏志李處長跟我介紹你的。』

『對不起，我不知道。』林德生刻意放慢聲音說，『我也不認識什麼李處長。』

身為市議員的楊世德，女兒遭到綁架失蹤的事件在這一、兩年來被炒成大新聞。從比較不人道的角度來看，楊世德的女兒失蹤，可大幅提高了他在政壇的身價，不但媒體曝光率極高，而且傷心父親的形象得到大部分民眾的支持。許多人相信，明年的市長選舉，若他打著『給孩子一個沒有恐懼的家園』之類的口號，當選的機率應該有超過百分之六十。

『對不起，我不知道。』林德生又重複說了一次。

『很好。』楊世德說，『你到岡山車站這附近，有間山海飯店，我們一起吃中飯。』

『好！我一會就到。』

掛上電話，林德生深吸一口氣，然後再緩緩呼出，聽起來像是在嘆氣。灰色的大馬路上車流擁擠，一片片車窗反射出刺眼的陽光，更遠處，灰色的城市在熱空氣裡扭曲流動，像是快融化了一樣。林德生邊開車邊看著遠處那片湛藍色的天空，還有天空籠罩下的那些像高塔般的摩登大樓。

經過了這麼多年，他仍然是在地上爬行的那些悲苦的生命的其中之一。

他曾一度以為自己在向上攀爬，直到腳下那座滿身罪孽的巴別塔傾倒，碎片壓在他的身上；他在沉重的碎片縫隙裡抬頭看，天空仍是那麼遙遠，而住在最靠近天空的那一群人，不！應該說那一支種族，卻仍舊在那裡。

『管他的！』他想著，『人總是要吃飯吧？』

想到這裡，他忍不住笑了出來。

三、陰廟

儘管這間老舊的餐廳裡一個客人都沒有，楊世德還是堅持坐在小包廂裡。

餐廳經理笑嘻嘻過來打招呼，前腳剛離開，林德生後腳就走進來，他對著坐在最裡面的楊世德點了點頭，楊世德沒什麼反應，看得出他心情很糟。林德生把外套掛在椅背上，坐下來。

『楊先生，幸會，我是林德生。』他半站起身來，恭敬地遞過名片，楊世德單手接下，正反兩面都看了一眼，然後把名片放進襯衫口袋。

兩個上了年紀的女服務生走進來，『不好意思，上菜喔！』一個端上一盤紅燒魚和醉雞，另一個開了一瓶洋酒，拿了兩個公杯和兩個小杯，斟滿酒後放在楊世德和林德生面前。『需要白飯嗎？』她問，楊世德懶懶地點了點頭。

『先喝一杯？』楊世德拿起酒杯，林德生也趕忙端起酒杯，兩人一飲而盡。

其實林德生一上午沒吃東西，正餓得要命，可是他看楊世德沒動筷子，自己也不好意思動筷子。沒多久，一道一道雞鴨魚肉陸續上桌，楊世德卻只是斟滿了酒，又一飲而盡。這樣沉默了幾分鐘，林德生站起來，把包廂的門關上，然後再坐回自己的座位，看著楊世德。

『我……』楊世德遲疑了幾秒，『我有個叔公，我祖父的弟弟，我小的時候，他跟我祖父母住在一塊。』他停了一下，伸手點了一根菸，深深吸了一口，『我當兵的時候祖父母就過世了，之後沒聽過叔公的消息，也不知道他是生是死。』

『你有其他的親戚認識這個叔公嗎？』林德生問。

『嗯！現在的話……應該就只有我父親。他應該見過叔公，不過我父親現在在澎湖看守所。』楊世德笑了一下，『這也不是什麼新聞了，他從我小時候就進去那裡了。』

『我可以記下來吧？』林德生邊問邊拿出手機，然後開始低頭按些按鍵。

『那支手機可以錄音嗎？』楊世德問。

『喔！你放心，我沒有用錄音。』

『你看起來挺年輕的，你三十了嗎？』

『三十三。』林德生接著說，『我做這行快十年了。』

『嗯！很好！』楊世德又抽了口菸，然後拿起酒杯，喝了一大口，『我這個叔公，好像生了什麼病，他……我覺得他的精神狀態……怎麼說呢？就是……長期獨處的病人，可能都有點怪怪的。』他從口袋裡掏出剛才林德生給他的名片，在空白處寫了些字，然後遞給林德生，『這上面是我老家的住址，以前我祖父母住的地方，你到這邊去，房子後面會有條小路，你走上去會看見一個鐵皮屋，我叔公以前就住那地方。我原本想要帶你去那裡看看，但是下午我有事，你自己去那邊看過之後就知道了。』他看了林德生一眼，表情又變得凝重。『我要知道這個叔公是不是還活著，如果他還活著，我要找到他；如果他死了，我要知道他什麼時候死的，在哪裡死的，什麼原因死的……我馬上就要知道，你一個禮拜以內找到他，不論是生是死，我給你一百。』楊世德轉過身，從外套口袋裡拿出一本支票簿，簽了字，放在桌子的轉盤上，轉到林德生面前。『我先給你三十，你有消息，不管是什麼消息，馬上跟我聯絡。』他說完，站起身來，拿起外套，『你吃點東西吧！不好意思我先走了。』

林德生跟著站起來，幫楊世德開門，他們兩人禮貌性地點頭微笑，

『啊！還有一件事，』楊世德低聲說，『我老家那裡，以前好像有小孩子失蹤，其中好像還有我以前的同學。我想知道大約三十年前……嗯……三十到三十五年前，這附近所有失蹤孩童的資料。』

『好！我去查。』

『有消息就跟我聯絡。』

楊世德走後，林德生趕快坐下，大吃大喝了起來。直到酒足飯飽，他看到楊世德留在桌上的那包菸，伸手拿過來抽出一支菸，正要啣在嘴裡的時候，卻發現菸嘴上有口紅印，他覺得有些奇怪，但也沒多想，又挑了另一支乾淨的，點了火，自顧自抽起來。

這天下午，林德生先到銀行，把那張三十萬的支票匯進自己戶頭，又在路上摸了好一陣子，買了菸，買了啤酒，買了報紙……等他找到楊世德那荒廢的老家時，已經快要黃昏了。

他走過一大片禿黃的空地，經過那棟殘破的透天厝，直接走上後山的小路。天氣熱得要命，他汗流浹背地走上小山坡，一眼看到一棟破破爛爛的鐵皮屋，他走近看了看，笑了一聲，『媽的！這種地方有住人嗎？』接著，他看到鐵皮屋裡似乎寫滿了紅字，大部分他都看不懂，其中還有些像是符咒一樣的圖形，和一些莫名其妙的數字。『鬧鬼了！真是鬧鬼了！』他心裡喃喃地說。

老實講，這鐵皮屋裡的玩意兒……令他聯想到『那個』王太太。

林德生走回車裡，拿出數位相機，再滿頭大汗地走回來，拍了幾張鐵皮屋的照片，然後，他猶豫了一會，動手撥開那片已經被撬開的牆板，小心翼翼地跨進去。鐵皮屋裡悶熱得讓人呼吸困難，他低頭看著地面上那個方形大洞，又左右看了看，這才開始覺得有些不安。

『這裡面是真的有待過人嗎？』

他想起楊世德中午說過的那些事，腦中不禁浮現令人發毛的畫面。

想像的畫面裡，一個病人，或許只是精神病人，就躺在這裡，這泥土地上，然後他的親人，圍著他蓋起了這間鐵皮屋，先是搭鐵架，然後鎖上牆板。這個病人就躺在這裡，光線愈來愈暗，然後他們開始蓋上屋頂，之後，一片漆黑。這裡沒有門沒有窗，他就靜靜地躺在這裡，從牆板最下面的小縫隙，他可以看到鐵皮屋外那些人的腳底，他們在附近走動，然後離開。

鐵皮屋中央的這個方形大洞讓林德生愈來愈不安。他拿起相機，拍了幾張照片，地上的洞，牆板上的紅字，白色閃光燈此起彼落，他收起相機，急匆匆地跨出牆板，深吸一口氣，外面的空氣清爽多了，視線也明亮多了。他站在鐵皮屋前，一邊檢視剛才相機裡拍到的畫面，一邊從褲子口袋裡拿出他剛買的那包菸，他抽出其中一支，還沒啣在嘴裡，卻忽然發現菸嘴上有一抹口紅印。

林德生像是被電流流過全身。

他把整包菸丟掉，快步離開，幾乎是衝回自己車裡。

接著，天空開始慢慢變成橘紅，然後就是黃昏了。

林德生也不記得自己開了多久的車，他看著滿街商店的燈火漸漸亮起，腦中一片空白。這是他從小到大的習慣，每次碰到什麼難以解決的事，他的腦中就一片空白。他跑去附近的兩間派出所想問些失蹤人口的資料，不過那裡的警員態度很差，他最後還是決定晚點請熟人幫忙。這時候，戶政事務所老早就下班了，也沒什麼地方可以去，他想到去找里長之類的人打聽打聽，這種鄉下地方的里長多半都是些耆老吧……他循著查到的地址，找到一些鐵皮屋搭建的小廟，廟門口停了一台黑色賓士和一台休旅車。

『請問里長住這裡嗎？』林德生很有禮貌地笑著，問坐在廟門口的一個枯瘦老太太。

『阿弟啊！』老太太朝廟旁的空地大叫一聲，『阿弟啊！有人找你！』

廟旁空地後面有個工地在用的那種移動式廁所，過了一會，廁所裡走出一個胖子，大概五十來歲吧，身上只穿了件短褲，脖子上掛了一個黃色的香袋，他朝林德生走來，點頭笑了笑。

『里長伯你好！』林德生也點了點頭，『不好意思這麼晚來找你，我有些事想跟你請教一下。』

『坐！坐！』那胖子說，『喝茶！』隨後從廟門口拿出兩張紅色小塑膠凳，一邊喃喃自語一邊又拖了一張摺疊桌出來。林德生坐在一張塑膠凳上，過了一會，那胖子拿出一瓶罐裝的梅子綠茶和幾個小塑膠杯。

『里長伯，』林德生說，『我問的事情可能有點久了啦！我想問說，以前這裡是不是有小孩子失蹤的事啊？』

『喔……有吶！』那胖子拿起一個塑膠杯，倒滿茶，回頭對著坐在身後那老太太，『喝茶！』他把杯子遞過去，老太太順手接著，然後他才回頭看著林德生，做出一臉很煩惱的表情，『那好久以前囉！有幾個小孩子失蹤，不過那沒什麼好講的啦！你要問這個幹嘛？』

『我老闆以前住這裡啦！』林德生又笑了笑，『他說以前有同學在這附近失蹤，不過他那時候還很小，結果好像今天忽然心血來潮，就叫我來幫他查一下。唉！你知道這些公司老闆嘛！都是忽然想到什麼就叫我們做什麼。』

『呵呵……呵……』胖子笑了幾聲，『現在錢難賺嘛……老闆的話當然要當聖旨。』他做出像在領聖旨那種很誇張的動作，『啊你們老闆叫什麼名字？說不定我認識喔。』

『喔！他叫林德生，我們都叫他林總。』

『林德生啊……那沒聽過……』胖子想了一下，然後喝了口茶，『跟你說也可以啦！不過這種事是愈少人知道愈好啦！』他遲疑片刻，『我們這裡喔，以前有座廟，是座陰廟。以前啦！現在不在了，很早就被拆掉了……聽說這座廟很靈，不過廟裡拜的東西好像不乾淨啦！這座廟喔……以前常常有人去拜，去求願啦！不過喔，這些人後來求的願實現了，過不久，家裡就有小孩子失蹤了。』

『那廟裡的東西不乾淨。』一旁的老太太忽然插一句，不過胖子好像沒聽到一樣。

『是被廟裡的東西帶走了啦！』胖子說，『那是好久以前的事囉……那時候我都還是少年仔。』

『那座廟在哪裡？』林德生問。

『不在了啦！拆掉了！』

『那位置呢？原來是在什麼地方？』

『這個喔……這個不能講。你不是要問那些失蹤的小孩子嗎？你去派出所那邊，找一個叫阿山的，蘇俊山啦！你跟他說是我叫你來的，他就會拿失蹤的那些小孩子的名單給你啦。』說完，他拿起茶杯，『來！喝茶！』

『那……我還想再請問一下，』林德生也拿起塑膠杯，喝了一口，『你知道那個市議員楊世德嗎？』

『知道啊！他爺爺以前就住在這附近啊！他小時候上學都會經過這裡，國中的時候喔……常常跟我借機車咧。』

『你知道他有個叔公嗎？他爺爺的弟弟？』

『他爺爺的弟弟喔？』胖子回頭對著那老太太，『妳知道楊家老頭子有弟弟嗎？兒子給人抓去關的那個？』

『不知道。』老太太一臉漠然。

『沒有耶……』胖子回頭對著林德生，『沒聽過他有個弟弟，可能不住這邊吧！』

『那你知不知道，』林德生接著，『楊家他們後面那個山坡，住的是誰？』

『楊家後面那個山坡？』胖子口氣異常驚訝，『你說楊家後面那個山坡怎麼樣？』

『之前誰住在那裡？』

『誰住在那裡？誰跟你說有人住在那裡？那裡怎麼可能住人？』胖子激動地站了起來，拿起塑膠杯，一口氣把茶喝乾。

林德生愣住了。

他完全想不透眼前的這段對話，他覺得自己像是在跟外星人說話，他很想抽菸，這才想起他早把菸丟在那個鐵皮屋前了。

差不多同樣的時間，同樣暗藍色的天空下，楊世德正在市區大樓公寓的家裡。他獨自泡了杯咖啡，撒上一些香草粉末，然後走出廚房，他住的公寓差不多九十幾坪，全鋪上柚木地板，窗帘也大部分是米黃色的緞織棉，他一個人走來走去，偌大的公寓裡實在冷清極了，他打開電視，轉到新聞台，站在電視前好一陣子，可是兩隻眼卻只是直盯著牆上的壁紙。又過了好一會，他走進書房，把門輕輕帶上。

他坐在書桌前，撥了電話到澎湖看守所，跟那裡新上任的所長客套了幾句，然後就說想要找他父親通話。

『您等等，我馬上請楊老先生到我辦公室來聽。』

過了好一會，楊世德的父親才接起電話。

『世德啊！上個月叫你寄的東西還沒收到！』父親劈頭就先抱怨一陣。

『爸！我有麻煩了，珊珊也失蹤了。』

『珊珊失蹤了？什麼意思？又給人綁走了？你這個老爸怎麼當的？你是白癡嗎？』

『爸，你聽我說，有件事很重要，你一定要仔細跟我說。』楊世德停了一會，『你記得以前跟爺爺住一起的那個叔公嗎？』

『叔公？』

『你的叔叔，爺爺的弟弟。』

『沒有什麼叔公！』

『以前住在後山鐵皮屋裡，那個生病的叔公啊！你不記得？』

『後山的鐵皮屋？後山哪有什麼鐵皮屋？』

『有啊！我今天早上還去看過，鐵皮屋還在，我……』

『你到那裡去了？』父親忽然打斷，『你今天又去那裡了？那裡不好！不要再去了，知道嗎？』

『爸，你真的不記得你有個叔叔嗎？』

『嗯……我的叔叔是沒有，不過你倒是有個叔叔。現在應該已經死了吧！』

『我的叔叔？』

『嗯！我的弟弟，你爺爺的小兒子。不過他現在應該死了吧！』父親接著說，『你叔叔啊……從小你爺爺就最疼你叔叔，什麼好的都給他。小時候我得幫爺爺去送貨，騎腳踏車載那些重死人的飼料，常常還會淋雨你知道嗎？那時候，你叔叔就坐在家裡陪你爺爺喝茶。』

聽到這裡，楊世德全身寒毛都豎起來。

『後來……你叔叔病了，那時他才十幾歲，他病得很嚴重，整天哀哀叫，你爺爺後來愈來愈受不了他，就把他送去醫院。那時候，我跟你爺爺大吵一架，為了什麼事也記不得了，我跟你爺爺常常吵架你知道嗎？後來……後來我好像就離家出走了，在一個女人家裡住了兩年，幹了些生意，後來被提報流氓，我溜回去跟你爺爺借錢跑路，那時候你叔叔就快不行了。你爺爺真是夠沒良心你知道嗎？我回家那一次，他把你叔叔搬到樓上加蓋的那間小屋子，就是佛堂旁邊那間。只是叫你奶奶給他送飯去，理都沒理他，我上去看他的時候，那房間臭得要命。』

『那大概是什麼時候？』

『嗯……我還沒當兵的時候。先聽我說完，』父親繼續說著，『後來我進去大寮那裡待了兩年，出來的時候有回老家住過一個多月，那時你叔叔還在，瘦得跟鬼一樣，就像非洲難民那樣，臉都凹下去了。那時候你爺爺要我拿吃的上去，我是很同情他啦！我覺得他很可憐，但那房間裡真的很臭，我看到他躺在那邊想說話的樣子，可是我實在待不住。那時我還有個想法，我覺得你叔叔已經在腐爛了你知道嗎？我覺得，他那時候，根本就已經死了，可是不知道為什麼還能動，還會說話，還能吃飯，他吃得很少很少啦！可是我覺得他那個樣子根本和死人沒兩樣，而且他身上真的是臭得要命。後來我就沒有再見過他了。我跟你媽請喜酒的時候你爺爺奶奶有來，可是他沒來，我那時候也懶得問，你爺爺奶奶之後也一直沒提，我想應該是已經死了。』

『叔叔叫什麼名字？』

『楊天常。天地的天，平常的常。』父親接著說，『你六歲的時候就搬去跟爺爺奶奶住了吧？那時候你就沒見到叔叔了吧？那時他應該就已經死了。』

『可是我小的時候，我記得爺爺跟我說是叔公，說是他的弟弟。我還到後山那裡跟叔公說過話，就是我剛才說的那間鐵皮屋。』

『聽你在胡說八道！那裡根本沒住過人！』停了好一會，父親嘆了口氣，『如果你叔叔真的還活著，現在也應該六十幾囉！』說到這裡，父親的聲音變得更低沉，『我今年也七十了，不知道還要活多久……對了！我現在改信基督教了，我以後會多幫你禱告。你說珊珊怎麼樣了？有什麼消息？』

『沒有！有消息我再跟你說。』楊世德的聲音微微顫抖了一下，『爸！我很累了，我再跟你聯絡。』

『別忘了把東西寄給我。』

掛上電話，楊世德靠在牛皮椅背上，緊閉雙眼。

到底是叔叔還是叔公？

楊世德不斷想起小時候爺爺跟他說的話，『你的曾爺爺，當初最疼的就是你叔公。叔公生病了，病得很嚴重……』這描述為什麼又和父親說的叔叔幾乎一模一樣？

窗外開始下起雨來，沒多久，雨愈下愈大，書房裡充斥著嘈雜的雨聲。

那一天晚上，他帶著惺忪睡眼，但不願掃他興的杜書賢，走到那間鐵皮屋前，鐵皮屋的門打開了，對！他記得門打開了，漆黑一片裡站了一個很瘦很瘦的人影，他想用手上的手電筒照過去，可是他不敢。他聽到那個人影發出一個聲音，那聲音，一點也不像老人的聲音，真要說起來，還比較像是……

或許，他真正該找的人，是他的叔叔？

楊世德才剛想到這裡，林德生就打電話來了。

『這其中一定有些地方弄錯了，』林德生在電話裡說，『你提到的那個叔公，你爺爺唯一的弟弟，已經過世快要八十年了。他的名字叫作楊光榮，紀錄上說他得了腦膜炎，十六歲的時候就過世了。我想你應該沒見過他，跟你祖父母住一起的應該是別的親戚。』

『嗯！我正要找你，』楊世德說，『事情變得很怪，但我想，我小時候住在那棟鐵皮屋裡的可能是我叔叔。』

『你叔叔？楊……楊天常嗎？』

『沒錯！你有什麼消息？』

『他十七歲的時候失蹤了，報案的是你爺爺。』林德生繼續說，『楊先生，我說了你可別見怪，我那時也是在想，你說的比較可能是你叔叔。我那時猜想，你叔叔生了什麼很糟糕的病，你爺爺不想讓人知道，就乾脆報案說他失蹤了，實際上是把他丟在後山，蓋個屋子讓他在裡面自生自滅。』他停了一會，『楊先生你別見怪，幹我們這一行的，什麼可能性都要想到。我去那間鐵皮屋看過了，那裡沒門沒窗，也沒有可以送飯進去的地方，老實講一開始我還以為裡面那些文字是先畫好才蓋上去的，裡面實在不像有住過人。老實說，我甚至想過，裡面那個洞可能是之前埋過你叔叔的地方，就是埋棺的地方，後來才因為什麼原因移走的。可是後來我在那裡看了老半天，實在是不像，那個洞的邊緣實在太整齊太平了，怎麼看都像是拿工具特別挖的。不過更不合理的是：我問過了，那間鐵皮屋原本是一間小廟。』

『小廟？』楊世德的口氣像是不相信。

『還不只。那間廟，在九年前才拆掉的。』

『九年前？不可能！』『我查過了，這在地政事務所裡有紀錄，那間廟的確是九年前拆掉的。』

『可是……』楊世德頓了一下，『我小時候去過那裡，那是間鐵皮屋啊！不可能是廟！』

『這件事很不合理吧？』

『等一下！』楊世德像是想到什麼，聲音都抖了起來，『等一下！你剛才說廟是九年前拆掉的？』

『沒錯。』

『我祖父母十幾年前就過世，如果說那鐵皮屋是後來才蓋的，你看到那間鐵皮屋了吧？是真的有間鐵皮屋吧？如果那是後來才蓋的……那……會是誰蓋的？』

『我仔細看過那間鐵皮屋，那不像九年十年的東西，那棟屋子少說有二、三十年。』

『你有想到什麼解釋嗎？』

『第一：那座廟就是這間鐵皮屋，但是紀錄上明明說有拆掉，這我就不知道了；第二：這間鐵皮屋原本蓋在其他的地方，廟拆掉之後，有人把鐵皮屋移到這裡來。以我的猜測，我覺得這座鐵皮屋就是那座廟，這樣裡面的那些文字就說得通了。』

『可是，』楊世德聲音愈來愈疑懼，『可是我叔公以前住在那裡面啊！我小時候還跟他說過話……』

『附近的里長說，那座廟，裡面拜的是「不乾淨的東西」。』

『什麼意思？』

『我也……我也搞不清楚。』林德生小心翼翼地接著說，『楊先生，我冒昧問一件事，原本我不該問的，你……是不是懷疑那間鐵皮屋跟你的女兒失蹤有關？』

楊世德沒說話。

林德生又繼續：『那個里長說，那間廟，是間陰廟，很靈驗，但去拜的人，後來家裡都有小孩子失蹤……』

『我從來沒拜過什麼東西。』楊世德平淡地說，『我是基督教徒。』

『喔！那……那我……已經查到你的叔公了。』

『很好，你明天來我服務處，我開尾款的票子給你。』楊世德停頓一會，『你……我要你再去查我叔叔的事。一樣的狀況，一樣的價錢，我要知道他是生是死，我不想管那間鐵皮屋的鬼故事，我只要把我叔叔找出來，愈快愈好。』

『我盡量。』

掛上電話，楊世德彎下腰，兩隻腳縮上來，整個人像是蜷在椅子裡一樣。

他臉色蒼白，不停地發抖。

那間鐵皮屋，是間陰廟？是拜那種不乾淨的東西的廟？

那麼，在他小時候，在屋子裡跟他說話的那個人又是誰？

小世德啊！你太瘦了！你該多吃點！

他想到那聲音，像是從深井裡傳出來的聲音，全身的寒毛又豎了起來。

這天晚上，窗外的雨下個不停，楊世德睡在客廳沙發上，沙發前的電視新聞就這樣播了一整夜。

四、狐祟

記憶是會騙人的。

Ａ小姐明明記得她把鑰匙放在鞋櫃旁邊，但是最後卻在餐桌上找到它們；Ｂ先生記得把一捲流行歌錄音帶借給高中同學，但他們後來吵了架沒再聯絡了，經過了十幾年，Ｂ先生偶然找到了這捲錄音帶；Ｃ先生記得小時候有個玩伴，送了他一隻小狗，但他哥哥說根本沒那個玩伴，那隻小狗是路上撿來的。

如果把這些記憶錯亂加上一些神祕色彩，就會產生迷信。

Ａ小姐住的公寓，之前不巧有小孩子食物中毒死在這裡，所以，當Ａ小姐在餐桌上找到鑰匙的那一瞬間，她全身發冷，她認為這是那孩子的鬼魂在惡作劇；Ｂ先生的高中同學畢業後，在海邊玩水溺斃，十幾年後Ｂ先生才知道這件事，他嚇了一跳，此後他一直相信那捲錄音帶是同學的鬼魂還給他，向他表示和好之意的；Ｃ先生的八字很輕，他們老家後面剛好是市立殯儀館，所以，當他知道小時候記得的那個玩伴根本不存在時，他覺得全身發毛，他甚至還回去老家附近燒了些紙錢。

楊世德的祖父母是基督徒，在他剛入伍的時候爺爺病逝，那時親友建議他買些紙人陪葬，『否則死人會回來找親人作伴』。他一笑置之，過了不到半年，奶奶也在家裡摔了一跤，顱內出血，就這樣過世了。楊世德從那之後就不再鐵齒，奶奶下葬的時候，他不但燒了一堆紙奴僕，連紙房子紙車子什麼的全都燒了。那一年，他正式成為『寧可信其有不可信其無』的一分子。

這天一大早，楊世德在客廳沙發上醒來，脖子跟背痠痛得不得了。

他腦中還習慣性地想到該送小女兒上學了，接著才想起小女兒也失蹤的事。

小女兒一向比他早起，更早兩年的時候，也總是比她姊姊早起，她喜歡一早起來坐在這沙發上看電視，頭髮也沒梳，衣服也沒換，過沒多久，她姊姊就會穿好制服出來陪她，她會一邊看一邊轉述姊姊漏掉的電視劇情。那時候，她們做律師的母親剛發現楊世德在外面有女人的事，情緒很不穩定，動不動就會對這兩個小姊妹發脾氣。那時楊世德也只是敢怒不敢言，看著老婆把女兒們從電視機前拖到一旁，用惡狠狠的口氣對她們訓話，有時大女兒被罵得哭了，老婆二話不說就一巴掌。

楊世德從沒懷疑過老婆會厭惡自己的女兒，他知道她厭惡的是她自己。她看著女兒委屈的眼淚，心如刀割，然後她對她自己的厭惡感和仇恨就這麼慢慢加深。

那時候，楊世德終於決定，要情婦拿掉已經兩個多月的孩子。

一年後，楊世德的大女兒失蹤，他的老婆也跟著精神崩潰，不過當他去醫院探望她的時候，她滿嘴念念有詞的，竟是楊世德逼著情婦拿掉的那孩子。

『那是個男生……』老婆在病床上喃喃自語地說，『他將來長大了會成為醫生。』楊世德每次聽到這裡，眼眶就轉紅。

老婆的伯父是知名藥廠的總裁，楊世德參選了兩屆市議員，娘家那邊也都拿了不少錢出來挺他，也就因為如此，楊世德對老婆的強勢也只好盡量忍耐。沒想到，老婆住院後完全變了個人，變得軟弱，變得溫順，變得令人憐惜。更離譜的是，儘管老婆精神崩潰，娘家那邊非但沒怪罪，反而對楊世德愈來愈客氣了，楊世德個人覺得安慰許多，所以也不去想這可能是因為他的政治聲望提升的緣故。

想到這裡，楊世德從沙發上起來，簡單地梳洗，然後仔細地挑選襯衫和領帶。他從以前就很注重儀表和穿著，儘管心事再怎麼煩雜，他也可以在早上打理衣著的這段時間獲得片刻平靜。他慢條斯理地穿戴好，站在連身鏡前仔細審視，鏡子只映出了歲月的改變，接著，他打開一個小盒子，拿出一對登喜來黑瑪瑙袖釦，正要扣上的時候，室內電話忽然響起。他匆忙走到床頭接起，電話那頭卻只有一陣雜訊的聲音，他聽沒幾秒就掛斷電話，然後回到衣櫃間扣好袖釦，穿上皮鞋。

『該不會是那個包打聽的打來的吧？』他心裡這樣想著。

他看了看手上的江斯丹頓手錶，然後也沒帶公事包或公文夾就出門了。

早上八點多，街上滿是車潮，陽光已一片金黃，地上未乾的雨散發潮溼的味道。沒有風吹過，路旁的行道樹靜止，公車站牌下站了幾個中學生，大多一副被陽光照得很痛苦的表情。

楊世德原本想去醫院探望老婆，但是不知道為什麼他卻一路開車到情婦家樓下。他打了手機給她，聽得出她的聲音睡意濃厚。

『你先去買個吃的吧！』她在電話裡說，『我洗過臉再下來。』

楊世德為了買她愛吃的燒餅豆漿，特別繞了一大段路。他知道她會花不少時間化妝打扮，所以盡量慢慢開車，早餐店像戰場一樣人擠人，他買了兩份燒餅，一盒小籠包，一杯米漿和一杯豆漿，再慢慢開回情婦家樓下，又等了好一會，她才懶洋洋的從老舊大樓門口走出來。

『怎麼這麼早過來啊？』她坐進車裡，似笑非笑地看了楊世德一眼。她的聲音很性感，但是帶著一種歷盡風霜的沙啞。

『要不要吃東西？』『我喝米漿就好了。』她隨手接過塑膠杯，插上螢光綠色的吸管，『你最近怎麼樣？家裡還好嗎？』

『還好。』

『你老婆出院了沒？』

『還沒。剛才原本要去看她，不過經過妳這裡，想找妳一起吃點東西。』

女人喝了幾口米漿，四處看了看。

『你車子愈來愈亂了，』她說，『沒人給你整理，你自己偶爾要弄一下，或是請人幫忙也行。你們家菲傭去照顧你老婆了嘛……我看你家裡還是得再找一個。』說到這裡，她的神色有些感慨，『這台車……我也有不少回憶在這裡。』

『妳真的不吃東西？』

『不用了，我不餓。』她低著頭，像是若有所思，『我前陣子跟那個男人分手了。前兩天他就回來把東西都帶走了，我看，之前借他的錢也拿不回來了吧！』

『要我幫忙嗎？』

『也不用啦！反正也不是什麼大錢。』她用手撥了撥頭髮，眼睛仍盯著手上的塑膠杯，『只是，前兩天……我哭了一整晚，我……』她抬頭看了楊世德一眼，『我今年就要三十九了……再過幾個月我就三十九了。』

空氣裡一陣沉默，兩個人都靜靜坐著沒說話。

女人雖然年紀已不輕了，可是仍然很有姿色，她並不特別愛用名牌，但衣著很講究，年輕的時候，她也曾是台中某個酒店的紅牌小姐，她的藝名叫蜜雪兒，但是姊妹們都叫她阿雪，那時她一天的檯費動不動就兩、三萬。後來跟一個常客合股開了一間日本料理，賠了不少錢，她沒臉再回那間酒店，只好跑來南部，又和一個有老婆的男人合開了間海鮮餐廳，那男人不久後就死於黑道仇殺。她一個女人獨立撐著這家店，一邊要應付上門騷擾的討債公司，一邊要應付來吃飯喝酒不付錢的警察和小混混。後來，她在這裡認識了楊世德，那時他還是個新科議員，手邊沒什麼錢，常來這間價錢便宜的小餐廳應酬，沒多久，她就跟他上了賓館。之後，楊世德政商關係愈來愈上軌道，但他還是常帶朋友去她店裡捧場，算是支撐她店裡的生意，就這樣，她和他的關係就一直斷斷續續維持了五、六年。

三年前，她發現自己懷了楊世德的孩子，她忽然有一種不知名的衝動，她想告訴楊世德孩子是別人的，然後離開這裡，到靠海邊的鄉下和孩子過生活。後來，她沒這麼說，她說了真相，她馬上就後悔了。楊世德要她把孩子拿掉，她不停地哭鬧，揚言要自殺，她躲起來不接他的電話，她把餐廳收了，打算賣掉，然後搬回自己雲林的老家去，但是到了最後一刻，她還是去找了楊世德，他陪她到診所拿掉了孩子。之後，她又恢復了餐廳營業，但是楊世德卻比較少去找她了。

有一次，她一個人跑去看了部日本的悲劇愛情電影，她記不得有多久沒去看電影了，她印象中最後一次看的電影，是陪學生時代的男友去看的西洋恐怖片。那時候她發了一頓脾氣，覺得那男孩沒有顧慮她的感受，沒有想過她想不想看這部電影，就直接牽著她的手走進電影院。從那之後，她就再也沒進過電影院了；從那之後，那些男人只是帶她去餐廳，海邊，然後就是賓館，賓館，賓館……沒有男人再帶她去看電影。多年以後她一個人走進電影院，電影結束後她哭得死去活來，一路哭回家裡。那天晚上楊世德忽然來找她，她看到楊世德眼睛紅腫，像是也大哭了一場，她心裡忽然覺得有種說不上來的溫暖，忽然覺得自己對他的愛沒有消失。那天晚上，她想做愛，但是他不想。

『我女兒……失蹤了。』他哽咽不成聲。

那次之後，他連電話也很少打給她了。

好幾次，她想離開。她想過去紐西蘭找她的親大姊，也想過去日本，或是回到家鄉，那裡有她過去酒店裡的姊妹淘，但是到最後她還是哪裡都沒去，她還是留在這裡，看著店裡生意一天比一天差。有天晚上，連日的大雨剛停，她一個人留在店裡算帳，聽到屋頂有白蟻啃蛀的聲音，她聽著聽著，想起自己身體裡也有一群白蟻，那白蟻叫作時間或是命運。

『我把燒餅帶上去吃好了。』阿雪從塑膠袋裡拿出燒餅，然後打開車門，回頭看了楊世德一眼，像是笑了笑，她把車門關上，又低頭跟他招了招手，才轉身走回公寓。

楊世德搖下車窗，點了根菸，逕自抽著。

車旁人行道上有個遛狗的老人，兩眼無神地看了看楊世德，然後緩步離開了。

楊世德到達醫院的時候，已經是上午十點左右了，醫院裡的空調和消毒藥水味讓他覺得有些反胃。

醫院院長和其他主管們都知道楊世德想盡量低調，所以也沒人特別出來和他打招呼。他走進老婆住的病房，看到老婆頭也不抬一下，專注看著手上一本雜誌，他們家的菲籍女傭睡在廁所門口旁的沙發上，女傭看到楊世德走進來，趕忙起身，像在表演似地四處整理一下，然後給楊世德倒杯水就出去了。

『妳昨天睡得好不好？』楊世德拉了拉靠床頭的椅子，坐了下來，『中午要不要出去吃頓飯？』

『今天不要。』她仍低著頭。

『上次那個新檢察官找妳，結果妳回電話了沒？』

『回了。』她放下雜誌，吸了口氣，『珊珊今天會來看我嗎？她病好了沒？』

『還沒，再多等兩天吧！』

『她已經不想要我這個媽了吧？』

『少胡說了。我跟她說妳想見她，要她病快點好，她才肯乖乖吃藥的。』

聽到這裡，老婆微微笑了，她看了他一眼，他伸手握著她的手。

『你臉色好差。』老婆聲音溫柔地，『有正常吃飯吧？還是我讓露露回家幫忙好了，你一個人一定照顧不過來吧？』

『不用了，我禮拜三都有叫清潔公司來打掃。』

其實楊世德一直都知道，老婆生病住院，要菲籍女傭去醫院陪她，其實是不放心讓他和這個年輕的女人共處一室。事實上，他也沒有對此感到不舒服，從老婆的妒意當中他愉快地感受到愛情。

楊世德的老婆雖然家境富裕，但是卻不同於一般大小姐，她有令人驚訝的獨立性和叛逆性。十幾年前她嫁給還只是新聞處長的楊世德，他們買第一棟房子的時候，老婆的伯父拿出六百萬當作禮金，她斷然拒絕，『我只是個沒有實權的新聞處長的老婆，沒需要住六百萬的房子。』她當時這麼跟伯父說。相對於她的親生父親，那個整天不務正業只知道跟自己哥哥要錢的老人，楊世德的老婆其實鮮少跟伯父往來，只有一次例外：那時黨內放風聲說要提名楊世德出來競選市議員，老婆二話不說，私下跟伯父借了兩千萬，她留了兩百萬存進自己戶頭，其餘一千八百萬幫楊世德輕鬆選上了市議員。從這件事來看，楊世德是從沒懷疑過老婆對他的愛。

『行了！』老婆把楊世德的手甩開，又低下頭去看雜誌，『你去忙你的吧！』

楊世德堆出微笑，然後站起身，把椅子拉回原位。

『我晚點再來看妳。』他說，她沒回應。

楊世德離開病房，把門帶上，房裡只剩下空調的聲音。

『剛才去找那個女人了是吧？』老婆喃喃自語地，『一進門就聞到那股狐騷味。』

她說完，把手上的雜誌丟到一邊，然後轉身側躺下去，面朝著病房牆上的那扇窗。

林德生睡到快中午才起來。

他做了個怪夢，夢見他坐在一棵大樹上，大約有幾十層樓那麼高，更下面是一面白色的濃霧，看不到地面，四周則稀稀疏疏有著其他幾棵大樹，更外圍也同樣被白色的濃霧遮蓋，看不到有多寬也看不到有多深。他在夢裡緊張極了，雙手緊緊地抓住樹上的蔓生植物，這時候，幾個小孩子（看起來都像是男孩）從比他更高的地方落下，直直地墜入那片濃霧。他們的表情開心極了，像是鄉下孩子跳到溪水裡玩耍的那種表情，他們一個個落下，接連不斷的，等到林德生醒來的時候，臉上身上滿是汗水。

他迅速地整理一番，然後頂著大太陽，鑽進自己停在路邊的那台ＢＭＷ。車內的冷氣壞了，吹出來的盡是熱空氣，他搖下車窗，點了一根菸，開車到鳳山的一間中醫診所。他熱得心煩氣躁，走進診所，空調不但不涼快，反而悶得不得了，掛號窗口前坐了幾個死氣沉沉的老人，大廳掛了一塊黑色的匾額，寫了『仁心仁術』四個金色的大字，左下角有『蔣經國贈』的字樣。他走到診療室門口，敲了敲門，一個四十歲左右的女人開了門。

『請問張醫師在嗎？』林德生問。

『先去掛號！』那女人打算轉身進門。

『等一下，我不是來看病，我是張醫師的朋友，我來找他有事。』

『喔！他身體不舒服在樓上休息，你自己上去找他吧！』女人說完就把診療室的門關上。

林德生站在門外，聽到門後似乎有男女調笑的聲音，他愣了一會，才轉身往這間診所的二樓走去。

二樓客廳擺設得挺簡單，也挺老舊，靠走道的那面牆有個供桌，上面陳設了一些牌位，香燭通明，客廳沙發上坐著一個黑瘦的小孩，分不清男女，他看到林德生走上來，就害羞地鑽進後面廚房去了。過了一會，一個滿身刺青的矮壯中年人走進客廳，他看到林德生，馬上笑了出來。

『坐！坐！坐！』中年男人指著沙發，『我去叫他出來。』然後又轉身走回廚房。

林德生坐下，客廳的電視還播著剛才那孩子看的節目，又過了好一會，張醫師才懶洋洋地走出來，他看不出多大年紀，像是三、四十歲，長相斯文，穿著體面整齊，不過眼神舉止裡卻有一股媚態。他看到林德生，笑了一笑，坐在對面的沙發上，拿起遙控器關了電視。

這個張醫師，在南部小有名氣，之前有個綽號叫『張神通』。他年輕時也是個小混混，後來遇到千佛山的既曉法師，收為徒弟，學了些氣功針灸之類的本事。幾年後，既曉法師因涉嫌對女信徒性侵害，就這麼消失了，張醫師於是就買下了這間診所，打著『氣功治病』的噱頭給人看病。後來，他又不知從哪裡學了些命理，幫幾個有頭有臉幫派分子算過命，後來就贏得了這個『張神通』的稱號。

『天氣這麼熱，』張醫師笑著，『你穿長袖的不熱嗎？』

『還好……』

『怎麼啦？』張醫師問，『該不會又欠錢周轉了吧？』說完又笑了笑。

林德生從黑色公事包裡拿出一疊照片，遞給張醫師，張醫師順手接著。

『你幫我看一下這些東西，』林德生說，『應該都是些符咒什麼的。』

『哎喲！這些玩意我哪懂啊？』張醫師看了看照片，『你去哪拍的？在台灣吧？』

『在岡山，一間陰陽怪氣的房子。』停了一會，林德生像是忽然想到什麼，『你知道岡山那裡有座陰廟嗎？』

『岡山哪裡？』

『靠省道那附近。』

『不知道耶……那廟是拜什麼的？』

『說是不乾淨的東西。』

『不乾淨的東西啊？』張醫師看了看照片，像是在思索著什麼，『我不知道，陰廟這種東西，其實很難講，有些廟自以為拜的是神，結果其實坐在廟裡的可能是妖是鬼。一般來說啊，這種陰廟都特別靈，但是不管你求什麼都要付出代價。』

『我聽說了。』林德生點了點頭，『去這間廟拜過的人，後來家裡都有小孩子失蹤，這就是代價嗎？』

『可能是喔……不過……』

『什麼？』

『如果你說的這間廟是……是會吃人的廟，那廟裡面的東西肯定來頭不小。』

『吃人的廟？』林德生覺得有點想笑。

『就是說，廟裡的鬼神幫香客完成心願嘛……那這心願愈高，代價就愈高囉！如果說，代價是要人命，那想必這些香客的心願也不小吧？你想嘛……能達成這種心願的鬼神，是不是也會是有點本事的？』

『比如說什麼樣的心願啊？』林德生語氣有點似笑非笑，『長生不老嗎？』

『或是招財致富啦！死屍還魂啦！避凶擋煞啦！』張醫師沒察覺林德生語氣中的異樣，

『你這些照片是那間廟裡拍來的嗎？』

『算是吧！怎麼了？』

『嗯……說不定這裡有寫到喔！嗯……我看看……嗯？但是……這些照片裡有的字……好像是紫微斗數之類的。』

『是算命那方面的嗎？』

『嗯……我也不確定，不過看起來像是在算什麼東西就是了。我還要查書，這樣看我看不懂。』

『那拜託你了，我急著要。』林德生說完，站起身。

『你幹嘛？留下來一起吃飯啊！急著上哪去？』

『我還要去拿點錢。』林德生笑笑，『欠了一屁股債，再不處理就要出人命了。』

『哪有急著一頓飯的？錢又不會長腳飛掉，你中午留下來吃飯吧！』

『不用了！謝啦！』林德生逃也似地一溜煙走到樓梯前，『那就拜託你啦！我明天再來。』

林德生離開這間中醫診所。正午的陽光一觸碰到皮膚就發燙，他坐在沒有冷氣的車子裡，比坐在三溫暖蒸氣室還難受，他打了幾通電話，昨晚請警局裡的朋友小羅弄出來的資料已經搞定，等著他拿現金去交換。他在一間速食店吃午餐，隔了好一會，小羅才出現，他穿了件凡賽斯的仿冒襯衫，戴了一付墨鏡，朝林德生走來，拿了一些失蹤兒童和一些病歷資料給他。

『這是這一次和上一次的。』林德生說，遞了一個信封給小羅。小羅當他的面數了數紙鈔的張數，然後才帶著點微笑坐下來。

『你這次是幫誰跑腿？在查什麼？』小羅順手拿起林德生的飲料喝了幾口。

『那個市議員楊世德，』林德生說，『在找他親戚。』

『哈！不會吧？』小羅拍了拍手，『他叫你找他女兒？那傢伙真是走投無路了。』

『不是，他叫我找他叔叔。』

『找他叔叔？幹嘛？他叔叔遺產很多嗎？』

『我怎知？』林德生翻了翻那疊失蹤兒童的清單，『這些小孩子的爸媽有沒有你知道的？』

『我看看，』小羅拿起整疊紙，隨便翻翻，『這個，吳宇程，他是搞營造的，前幾年標下了華新橋那邊的工程，不過這傢伙好像沒什麼黑道背景，我也不知道他的來歷……』小羅又看了看，『這個黃義訓是大佑的老闆嘛……嗯！還有這個，蔣啟藩，黃龍製藥的總裁……這可奇了，這些大老闆的小孩失蹤，怎麼沒上報？……啊！這他媽的都三十幾年前的事了！』小羅伸手在林德生後腦打了一巴掌，笑了起來。

林德生一點也笑不出來，他的思緒混亂，滿腦子只想到關於那間陰廟的事。如果，這些人當時去那間廟裡拜拜求願是為了發財發達，甚至願意犧牲自己孩子的命，那麼這一切都開始合理了。他馬上又想到更恐怖的事：如果，當時楊世德的祖父也來這廟裡拜過呢？那麼，犧牲的就是楊世德的叔叔？那個楊世德小時候還一直在廟外面對談的叔叔……林德生寒毛直豎，他想到：如果這些小孩失蹤根本不是在願望實現之後，而是在之前呢？這些人為了迷信，為了求取更多的欲望，對外宣稱自己的孩子失蹤了，其實卻是把他們丟進這間廟裡，對！就是這間鐵皮屋裡，然後靜靜等待願望實現。沒錯！沒錯！那鐵皮屋裡的深坑，如果是成年人要爬出來並不困難，但如果是把小孩子丟進去，恐怕是爬不出來的。是啊……這說得通啊……如果那時楊世德的叔叔已經病重，家人已厭倦久病在床的孩子，所以，乾脆拿他的命當代價，跟廟裡的東西求個願，這也很有可能啊。這麼說起來，當年，楊世德還小的時候，在那鐵皮屋裡跟他交談的，說不定正是被親祖父丟進那深坑裡的叔叔，還活著的時候的叔叔。……不可能！楊世德小學的時候，他叔叔也快三十了吧？可是失蹤人口的報案是在他叔叔還十七歲的時候，這又太不合理。

那麼，那些被丟進廟裡的孩子呢？

他們後來又去了哪裡？被埋在什麼地方？他們被丟進這間鐵皮屋裡的時候，又發生了什麼事？他們真的有見到那廟裡的『不乾淨的東西』嗎？還是在不停詛咒他們雙親當中漸漸渴死餓死？

迷信！一切都是因為迷信！

林德生又忽然想到：那麼楊世德呢？他的官運也挺順的不是嗎？難道他小時候在那廟旁

邊，沒有許下過什麼願望嗎？如果是，那讓他的女兒失蹤的，究竟是那廟裡的東西，還是楊世德自己？

林德生又忍不住想到：不管事實的真相如何，這些丟了孩子的父母，的確都過著大富大貴的生活；也就是說：這廟裡真的有什麼靈驗的東西？那麼，這一切都只是迷信？還是真的有些什麼……有些什麼……

『我還有事，』林德生站起來，拍拍小羅的肩膀，『先走了，晚點再Call你。』

一走出速食店，馬上就被迎面而來的熱空氣吹得幾乎窒息。林德生快步走回車裡，往楊世德處駛去。

說起來，林德生一直不信鬼神，但也不特別覺得那些靈魂說法有多荒謬，只是看到過於迷信的人會有點幸災樂禍似地嘲笑。當然他也有一些小迷信，當他發現自己的眼皮在跳，就會特別小心，他認為這有可能是要出車禍的『徵兆』。但是除了這些小事，基本上他不信他的一生可以由一個陌生人算出來，包括吉凶禍福；他也不信按照風水改變自己家裡的擺設就能讓自己財運亨通。對！這很矛盾，似乎迷信也不過是程度上的差異，我們可以說幾乎人人都迷信，只是程度上的差異。對林德生而言，他能相信緣分和徵兆這類事情，但他不相信靈魂世界。在他看來，人死了就死了，像是一台精密的機械損壞了，它哪裡也不會去，沒有天堂或地獄，那些都是活人創造出來的東西，只為了想安慰對死亡對消失的恐懼。人類的心靈很脆弱，很容易想出一些讓自己獲得安慰或獲得鼓舞的理由；當然，有時候這些想像力也會為自己帶來更深的恐懼。想到這裡，林德生不禁想到十年前『那個』王太太曾跟他說過的話：『那些大官和有錢人，他們滿腦子想的就是未來，結果弄得自己神經兮兮。太有錢，太有才幹，太聰明，那都是會遭天譴的。』迷信如果是文明的副產品，那麼人不斷地受這自己所創造出來的副產品所迷惑所痛苦，人擁有文明這項不同於其他生物的能力，卻為這能力所苦。那些住在更高處的人們，擁有無上權力的那個種族，降臨在他們身上的，恐怕也會是更嚴厲的迷惑和痛苦吧！否則又何必如此求助於那些怪力亂神？

但是現在這一切都很難講了！

從理性的角度來看，林德生認為楊世德的叔叔（或者甚至那個叔公）都只是死於家人的邪門迷信的犧牲者。他只要找到證據，證明楊世德的叔叔確實是死了，那麼這個案子就到此為止，林德生拿到兩百萬，也不必再去想這些讓他起雞皮疙瘩的事。但是從另一個角度來說，他其實是對這些有錢人的祕密充滿好奇的。如果說這些人是因為與廟裡的鬼神交易，得到了現在的財富與權柄，那麼，林德生自己呢？在內心深處他不斷在想這個問題，他會不會願意以一條親人的性命換取他想要的一切？

林德生走進楊世德位於高等法院旁的服務處，這裡原本也同時是楊世德老婆的律師事務所，貼滿花崗壁磚的優雅三樓透天，招牌小得幾乎看不清，鐵窗漆成乳白色，一樓門口堆了一些舊電話和老舊的椅子。林德生看到這堆沾滿灰塵的舊電話機，不知怎麼地有點懷念起從前。

他走進這棟透天厝，一樓接待廳只有一個禿了頭的中年男人，坐在一張小辦公桌上講電話，那男人看到林德生，揮手示意要他坐下，但林德生仍是站著。隔了一會，男人掛上電話，一瘸一瘸地從座位旁走出來。

『我想找楊先生。』林德生說。

『喔！他剛好有事出去了。』

『那……』林德生遲疑片刻，『我姓林，請問楊先生有沒有留什麼東西給我？』

『什麼東西？』

『楊先生昨晚跟我說要我今天來拿。』

『沒有耶……』男人用懷疑的眼光上下打量林德生，『還是我幫你打電話問一下？』

『那不用了，謝謝！』林德生說完就轉身走出門。

想到原本該拿到的七十萬竟然被放鴿子，林德生心裡頗不痛快。他撥了電話給楊世德，響了好幾聲才接起。

『喂……我是林德生。』他說，『我現在在你服務處這邊，那個票子的事……』

『喔！』楊世德在電話的那一頭顯得十分疲倦，『我臨時離開一下，你晚點再過來吧！差不多一個小時後可以吧？』

『好！那我晚點再過來。』

掛了電話，林德生走回車裡，兩手放在方向盤上，停了好一會，又拿出一根菸，仔細檢查了一下才點燃。他抽著抽著，忽然從公事包裡拿出那疊資料，仔細看了看，接著又開車離開了。

下午的太陽幾乎要把所有的東西烤焦，泥土地面被曬得滿是裂痕，楊世德躲在樹蔭底下，仍覺得有些睜不開眼。他掛上了林德生打來要錢的電話，拿起手上的礦泉水，連灌了好幾口，才稍微舒服一些。他抬起頭，看著老家那棟殘破不堪的透天厝，在刺眼的陽光下，有種物換星移的無奈，他心裡覺得奇怪：這麼多年了，怎麼都沒想過要把這裡賣掉？

楊世德走上後山的小山坡，來到那間鐵皮屋前，昨天早上才被他打破一面牆的鐵皮屋，今天看起來像是經過了幾十年，整個鋼架和波浪石瓦板都塌下來了，傾倒處，屋內那個方形的深坑也暴露在陽光下。他原想多看一些牆上的字，但現在牆板倒塌成這樣，他也打消了念頭。楊世德又喝了幾口水，然後走下山，進了那棟透天厝。他小心翼翼地避開地上的積水，但還是踩得整個鞋襪都溼透了，他環顧一圈，然後輕悄悄走上樓梯。多年以前，他還在念國中時，有天晚上瞞著爺爺奶奶溜下來客廳想看深夜的電視節目，結果不知怎麼在這樓梯上摔了一跤，他滾下樓梯，全身痛到不能動彈，他眼淚直流，想大聲叫喚，可是卻連聲音也發不出來，那天晚上他獨自躺在黑漆漆的樓梯下，想著死亡。

楊世德走上三樓，觸目皆是感傷。這裡原本是爺爺奶奶的臥房，樓梯口有個小客廳，擺滿了爺爺的茶具，牆上掛滿字畫，旁邊櫃子裡擺了爺爺收藏的骨董茶壺，如今一切都已破損蒙灰。他四處看了看，爺爺的書房裡竟然還跟二十年前一樣，只是到處是灰塵和髒汙。他遲疑了一下，開始東翻西找，把爺爺書桌的抽屜層層抽出，仔細翻看每一件紙張和信函，接著，在一疊夾在塑膠片裡的紙張裡，他看到了自己小學和國中時的成績單，更下面的幾張紙，是他曾得過的獎狀，多半是作文和演講比賽，也有一張寫生比賽的佳作。楊世德拿起這些成績單和獎狀，又從書櫃開始翻起，沒多久，他找到幾本相簿，翻開第一頁是個年輕男人的照片，從年代來看應該是爺爺年輕時的照片。楊世德快速翻了翻，相簿裡大多是爺爺奶奶年輕時的照片，還有自己父親小時候的照片，他翻到第二本相簿，才看到一張發黃的照片裡，十歲出頭的父親旁邊站了一個年紀更小的男孩，嘟著一張嘴，看起來很害羞。接著，他看到其他幾張照片裡有相同的男孩，直到這男孩看起來像是有十二、三歲時，就再也沒有他的相片了。最後的幾張相片則是楊世德小時候和爺爺奶奶的照片。他拿起相簿和成績單獎狀，往三樓走去，三樓原是儲藏室和楊世德小時候的臥房，他沒走進自己的房間，倒是在儲藏室看了幾眼，然後，他再往上走。樓頂的違章加蓋有一間小佛堂和一間小儲藏室，他看著那間上了鎖的小儲藏室，想起父親在電話裡說過，他的叔叔後來被爺爺丟在這個小房間。楊世德走到佛堂，想找什麼東西把儲藏間的鎖撬開，他從供桌上拿下一根銅製燭台，然後走回儲藏間門口，把相簿和成績單輕放在地上，然後拿燭台使勁敲著門鎖。這個時候，他腦中又忽然閃過一個念頭：『爺爺奶奶不是基督教徒嗎？為什麼我們家裡會有佛堂？』

他才想到這裡，鎖就被撬開了。生滿鐵鏽的小門嘎嘎地開啟，房間裡面滿是潮溼的氣味，還有一絲淡淡的香味，像是檀香那樣的香味。楊世德右手推開門，從門外看進去，全身的寒毛都豎起。

小房間光線昏暗但清晰，小床，書桌，櫃子，地板，全都一塵不染。怎麼看，都像是還有人住在這裡。

『叔叔還活著！叔叔一直住在這裡，這個小房間裡。』楊世德腦中閃過這個念頭，然後怎麼樣也停不下來。接著，他看了看那扇門，門是從外面鎖上的，他從地上把鎖撿起來仔細看了看，鎖的鑰匙孔是生鏽的，可見得不常用，那麼，這扇門平常就是一直鎖起來的了？楊世德愈想愈不對勁，他走進房間，伸手在木頭書桌上抹了一把，沒有什麼灰塵，即使是門窗密閉的房間，也不可能經過了這麼多年都沒灰塵。他站在房間裡，心跳快速，眼睛四處看了看，發現床底下好像有東西，他戰戰兢兢地低下腰，把床單撥開，看到床底下擺了兩個紙箱子，已經破舊不堪了。他小心地拖出紙箱，打開其中一個，裡面是一些摺疊整齊的衣物，還有一些老式的錄音帶，多半是一些台語老歌。楊世德一件件地拿起衣服，箱子最下面有一綑用橡皮筋圈住的信封，他拿起信，把橡皮筋拆掉，坐在小床上一封一封看起來……

天常吾友，收到你的來信還有書籤我很高興。

看到這裡，楊世德終於確定真有這個叔叔存在，而且就曾經住在這個小房間裡。

可是我很擔心，你說的那些應該是開玩笑吧？怎麼可能會有那種事呢？我希望你能多寫給我一些電視上的事情，還有那個歌唱大賽，還有，你的爸媽還會檢查你的信嗎？請來信告訴我……

再來就是一些流水帳。這信的筆跡看起來像是小孩子，署名叫『齊軒』，可能是叔叔小時候交的筆友。不過信上沒有標記日期，楊世德也分不清哪一封是前哪一封是後。

天常吾友，我很擔心你的病情，我可以來看你，你爸媽什麼時候會出門？我有幫你換到楚留香的墊板了，我會拿來給你……

楊世德一封封粗略地讀著，看來這個小朋友家裡沒有電視，或是父母不准看，所以很愛跟叔叔問些電視節目的事情。信的內容除了電視之外，就是這個小朋友在學校裡發生的事，都是些再平常不過的事，從這些信的內容裡實在看不出叔叔當時寫給他什麼。翻到這裡，楊世德看到一封沒蓋郵戳的信封，他順手打開，卻嚇了一跳。

這封信是叔叔寫的，字跡漂亮得像是成年人。

軒，半夜三點多了，我睡不著，樹林那邊的蟲兒在齊聲叫，像打雷。

才讀了幾個字，楊世德就開始覺得背脊發涼，雞皮疙瘩都冒出來。

我就快要死了，最近背上的膿瘡開始血流個不停，我的手指和腳已經一點感覺也沒有了，上個星期，醫生拿針戳我的腳，我一點感覺都沒有，只是覺得好累好累。我醒著的時候，覺得像是在睡，睡覺的時候，好像還醒著一般。上次我跟你說的事，我最近想了又想，不管你怎麼說，這個世界上都是沒有鬼的。

我最近在想，我們為什麼要活著呢？當初我自己也沒有選擇，就出生在這世上，然後跟病痛打仗，想辦法活下來，不管怎麼樣，人都是會死的啊！我跟你說我不相信有鬼，但我相信有神，可是它其實不是神。我常常在想，我手上的細胞也不知道自己為什麼要活著，有一天我想去碰熱水，細胞就被燙死了，它也不知道為什麼就死了，可是我知道，因為是我要去碰熱水的，我覺得我們的生命就像這些細胞，我們不知道自己為什麼活著，也不知道為什麼會死，因為我們只是某個東西的一部分，那個東西想知道病痛的感覺，於是我就生病，它想知道車禍的感覺，於是有人就出車禍，它想知道友誼，於是我就認識了你。

我這兩天看到書上有寫，古代印度人相信宇宙是由『杜卡』形成的，『杜卡』就是『苦』

或是『惱』的意思，也就是說，世界是苦惱形成的，我們也是苦惱形成的。那本書上說，原本宇宙是一片虛無，是黑暗，有一天，這個虛無想變成『有』，就是想要存在，這個『想』就形成了宇宙，而且，這個『想』本身，就是『苦』和『惱』。所以，我們都只是這個虛無的想像，我們是它想像出來的，只是存在它夢裡的鬼魂，所以我們死了以後不會變成鬼，因為我們本來就是鬼魂了，我們死的時候，它會想著：『啊！這樣啊！我知道了！』然後繼續夢著無數個人的人生，當然，也包括你的人生。現在的它，感受著我寫這封信給你的感覺，也感受著你讀這封信的感覺，它都知道，因為它想知道，我們才存在的。

讀到這裡，楊世德已開始頭暈了。這封信，怎麼看也不像是一個小孩子寫出來的。

軒，我不恨那個虛無，我不會恨它讓我生病，我今天一整個晚上看著自己的房間，到處都有我身上流下來的膿血，但是我不恨它，我只是不停想著它，我覺得很想哭，其實我有哭了好幾次，今天晚上我躺在床上，看到床單上都是我的血，我又哭了，我希望在我消失之前，『它』能牢牢地記住我，因為我是為了它才受了這麼多苦的，因為它想知道，我才受了這麼多苦的。

我生來不存在，死後也不存在，我活著只是為了要讓它知道我受的痛苦。

真不公平，你說是嗎？軒，我不恨它，但我好嫉妒它，我想要和它一樣，可是這是不可能的。軒，我上次問你的事情，你考慮得怎麼樣了？你願意嗎？請在我死之前，請你告訴我。

楊世德緩緩站起來，把信放在書桌上，當他回過頭再看那紙箱的時候，卻看到剛才被他掀起的床單邊緣，露出一小塊黑褐色的床墊。他慢步靠過去，伸手掀起床單，床單下，床墊上滿是乾掉的血汙。楊世德幾乎是衝出小房間，他停在門口，覺得一陣強烈的噁心，他想到剛才叔叔的信，想到昨晚父親在電話裡跟他說的事，想到慈祥的爺爺奶奶的笑臉，他撿起腳邊的那幾本相簿和成績單，又回頭拿出那疊信件，然後快步衝下樓去。

他幾乎是跌跌撞撞地回到車上，把老家拿出來的信件相簿隨手扔在側座，然後馬上發動車子離去。他正好面對陽光的方向，只能勉強瞇著眼開車，過沒多久，還沒離開老家前那條馬路，他又想到另一件事。

老家荒廢這麼多年了，可是家裡面的東西儘管破的破爛的爛，卻是一樣也沒少。

難道都沒有宵小進來搬東西嗎？

他想到林德生昨晚在電話中所說，那後山的鐵皮屋曾經是座陰廟，也就是說，附近的人沒人敢靠近這房子了？就是說，這傳言是真有其事了？那麼，楊世德記得那鐵皮屋裡的聲音到底是誰？是廟裡的鬼神？是那些失蹤的孩子？是他叔公？還是……還是跟他說話的其實是叔叔。那時他還住在樓上的小房間，楊世德那時年紀太小，說不定會記錯，說不定他只是把樓上的叔叔和去鐵皮屋冒險的事搞混了……

不！楊世德腦中清楚記得他小時候帶著同學走上那山坡的情景，他記得那時忐忑的心情，帶著罪惡感和復仇的興奮。對！他明明記得，是他自己帶著同學們走上那條小山路，期待著即將降臨在他們身上的懲罰，還有鐵皮屋裡那個象徵盡頭與死亡的那個叔公。對！他的印象中，打從一開始，樓上的那個小房間就一直是鎖住的，他從來不去注意那個房間，在他的童年裡，唯一的不解之謎就只有那間破舊的鐵皮屋，讓他童年的朋友一個一個消失的那間鐵皮屋。

林德生再回到楊世德的服務處的時候，楊世德也才剛回來，他們在門口遇到，楊世德跟他打了招呼。

走進服務處，那個中年男人一看到楊世德，就馬上起身，拿了筆記本想跟他說話，楊世德卻只是揮揮手，然後轉頭對林德生：『到樓上談。』楊世德說完就走上樓梯，林德生也趕忙跟上。

服務處的二樓布置得像個小圖書館，每一面牆壁都是塞滿書的櫃子，靠窗的那一邊有一張仿清式的大書桌，桌上堆滿了紙張和書刊，書桌前有一組黑色皮沙發，也是古典風格的。楊世德走到書桌旁，把從老家拿出來的東西丟在桌上，然後走到沙發前坐下，林德生也跟著坐下，過沒多久，樓下那個中年男人就一瘸一瘸地走上來，拿了兩杯茶擺在沙發中間的矮几上，然後又蹣跚走下樓。

楊世德從上衣口袋拿出一本支票簿，寫上了一百萬元整的數字，然後遞給林德生。

『你有什麼消息嗎？』楊世德問。

『目前有這些。』林德生拿出一疊資料，擺在矮几上，然後端起茶喝了幾口。

楊世德拿起那疊資料，仔細看著。

這上面的名字都很熟悉，他認出其中一個失蹤孩童的名字，那是他國小時的同班同學，他甚至還記得帶著這同學走上那小山坡的情景：那時候，這個黑黑胖胖的同學邊跟著楊世德走著，邊唱著一首夾帶髒話的自編兒歌。楊世德繼續翻著資料，仔細辨認這名單上的名字，忽然，他像是被電流電到一樣，全身打了個寒顫。

蔣啟藩？那不是老婆的伯父嗎？黃龍製藥的總裁？……他的獨生女……蔣杏美，也在岡山這一帶失蹤的？

楊世德完全不知道老婆的伯父曾有過孩子，印象中他一直待自己的姪女，也就是楊世德的老婆，如同自己親生女兒一般，現在這一看，又更是說得通了。楊世德想盡辦法要記起這個名字，蔣杏美……蔣杏美……啊！對了！就是那時在國小美勞課曾借過彩色筆給楊世德的女生。

楊世德已經開始後悔知道這些事了。

『我今天把你老家那棟鐵皮屋的照片給一個學命理的朋友看過了。』林德生繼續說，『不過他說要花點時間查書，那些字可能不是什麼咒語之類的，應該就只是像紫微斗數那樣，算命盤那方面的。』

『嗯！』楊世德哼了一聲，仍然繼續看著那疊資料。

『還有，我剛才去找了這些失蹤兒的父母。』

『嗯？』楊世德抬起頭來，『你找了誰？』

『我隨便找了兩個住得近的。』林德生伸手在那份名單上指了一個名字，『第一個找的已經搬家了，不過我有問到新地址。第二個還在，就是這個，黃宏綱，我去找了他的父母。』他停了一下，楊世德看著他，沒說什麼，林德生只好繼續說：『他的父親死了，死因我還沒查；母親後來改嫁了兩次，現在是旗山一個漁貨商的老婆了，妙的是，這漁貨商還小她十來歲。信不信由你，這女人看起來差不多才三十多歲，可是資料上她應該是五十四了。』

『你找她談過了？她說什麼？』

『什麼都沒說。我去找她的時候她剛好出門，我被那些隨扈擋著，我先是問她小孩子的事，她沒理我繼續走，我後來問她知不知道岡山那座陰廟，她才回頭看我一眼，從那表情裡實在看不出她在生氣還是驚訝，我看她拉皮也拉過幾百次了……』

『她有隨扈？幾個人？』楊世德打斷他。

『咦？說起來奇怪，她身邊帶著三、四個吧！』林德生繼續說，『後來她好像跟其中一個講了幾句悄悄話，然後就上車了，我看我可能也被跟蹤了吧！』

『一個中盤商的老婆帶隨扈的確是有點奇怪，要不就是炫耀，要不就是真的有事……』楊世德抬起頭，『所以你什麼也沒問到？』

『那種女人不好惹。』林德生說，『我想可能再從其他人那邊問問看吧！或者……你有沒有考慮過，是不是讓我找人去那個鐵皮屋挖挖看。』

『去挖是沒問題，但是先檢查一下……嗯……』

『我會先看一下有沒有毛髮或其他組織樣本，證明你叔叔曾經在那鐵皮屋裡，或是有其他人曾經在那裡，但是，你也知道，時間過這麼久了，機率應該也是不高。』

『還有一件事。』楊世德站起來，從辦公桌上拿起從老家帶出來的那疊信件，遞給林德生，『我找到這些信，我叔叔小時候的筆友寫的，其中有一封是我叔叔本人寫的。這信上有地址，在台南，你看能不能用這地址找到那個筆友，說不定他知道我叔叔的事。

『我待會影印一份給你帶著。還有，我老家的樓頂，有間小房間，在佛堂旁邊，那裡好像是我叔叔以前的房間，那邊的床底下有兩個箱子，其中一個我還沒打開，你要找人去看鐵皮屋的時候順便去那裡看一下，看有沒有什麼線索，還有，把那兩個箱子也帶出來。』

『好！我明天就去。』林德生應了一聲。他低頭翻了翻那些信，楊世德叔叔寫的那一封讓他有點毛骨悚然，說不上什麼原因。信上面的筆跡很美，讓人會一直讀下去，可是愈讀就愈覺得不舒服。說起來，信的一開始，他對這個生病的孩子帶著同情，可是不知為什麼，他讀著讀著，同情漸漸轉為一種詭異，一種說不上來的詭異。

我生來不存在，死後也不存在，我活著只是為了要讓它知道我受的痛苦。

告別了楊世德，林德生獨自離開服務處。天色已近黃昏了，天邊的雲彩斑爛，可是氣溫一點也沒有降低。

林德生坐上車，想著先去修車上的冷氣，然後找地方好好吃頓飯。他正要發動車子，手機就響了，是一串不知名的號碼。林德生懶懶地接起。

『喂……林德生。』他有氣無力的。

『嗨！你在忙嗎？』一個嬌滴滴的女人的聲音。

『沒有……嗯……妳是哪位啊？』

電話那頭傳來一陣悅耳的笑聲。

『我是王太太啦！』那女人說完，林德生就僵住了。她像是又笑了幾聲，『你啊……你前兩天醉得好慘啊！該不會連講了什麼都忘了吧？』

『啊！妳……』林德生鬆了口氣，『我是在妳家過夜的嘛……真不好意思，不過我那天……』

『你那天？』她帶著笑，『你那天還沒付帳喔！是我先幫你墊的。怎麼樣？你要不要謝我？』

『啊！真不好意思，我一定會還妳。』

『你乾脆回請吧！你今天晚上有事嗎？』

其實林德生今天沒什麼找女人的興致，可是他想搞清楚『這個』王太太到底是誰。

『呃……今天晚上我有點事……』他很清楚對付女人的手段，通常愈是不容易到手的女人，就愈是對不容易到手的男人感興趣。『但是我一定要請妳喝一杯。這樣吧！九點以後妳約個時間，我盡量趕過去。』

『呵呵……』那女人笑了幾聲，『那就九點吧！我可不能待得太晚，老公會問東問西的討厭。』

『好！好！那九點，我去紅屋找妳。』

『嗯！那先Bye！』女人輕盈地道別，然後掛斷電話。

林德生怎麼想也想不起這女人是誰。

王醫師的太太？哪個王醫師？

不過現在麻煩的是到九點以前，他得想辦法打發掉這段時間。

到了傍晚七點多，天色才暗下來，太陽雖然消退了，可是顏色雜亂的街道上滿布煙塵，仍是一片悶熱。

楊世德多買了一個便當，他像是失了魂似地開車到情婦阿雪的海產店旁。她放下店裡的事走出來見他，兩個人就這樣坐在車上邊吃邊聊，兩個人都各自被心事包圍，只是裝作若無其事地聊些無關緊要的事。

『你等我一下。』阿雪忽然想到什麼，打開車門走出去。

楊世德在車上收拾了便當盒，打開車窗抽菸，沒多久，阿雪拎著一手啤酒走過來。

『好久沒跟你喝兩杯了。』她坐進車裡，輕輕把車門帶上，然後看了楊世德一眼，

『來！』隨即開了一罐冰啤酒，遞給楊世德。

『妳知道嗎？我的珊珊也失蹤了。』楊世德像是在講別人的事情一樣，阿雪露出非常驚訝

的表情。楊世德喝了口啤酒，然後繼續說：『跟之前一樣，沒人打電話來要錢，沒什麼消息。我還一直不敢跟我老婆講……』

『什麼時候的事？』

『上個禮拜六。我送她去上英文課，後來再去接她就不見了，老師說什麼人也沒看見。』

『那你現在怎麼辦？』

『這兩天……我忽然想起很多事，我小時候的事，以前在我老家那邊，也有小孩子陸續失蹤，有幾個還是我同學。』

『那時候綁架小孩子滿常見的。』她說。

『嗯！妳相信這世界上有神嗎？』

『不知道，不相信吧！』她低了頭，像在想些什麼，然後又猛灌了幾口酒。『不過有沒有都沒差，我以前每年都會去安太歲，我們那裡有座玉皇大帝的廟，我小時候我媽常帶我去那裡拜拜，結果……』她乾笑了一聲，『還不是都一樣？』她說完，拿起酒對著楊世德，『來，乾了吧！』然後仰頭一口氣喝盡。

『我們那裡有座廟，』楊世德也喝了一小口，『聽說是間陰廟，去那個廟裡拜過的人後來家裡都有小孩失蹤。』

『那家裡沒小孩的呢？』

『這我就不知道了。反正，這兩天珊珊失蹤的事快把我搞瘋了，我就忽然想起老家那裡的事，我一直覺得這件事跟珊珊失蹤有關，可是又查不到什麼東西。』

『那個廟裡是拜什麼的？』

『不知道。』

『不知道啊……』她嘆了口氣，『算了吧！來路不明的廟還是不要亂拜比較好。』

『嗯……』

『警察那邊怎麼說？』

『算了吧！』楊世德搖搖頭，『一堆死胖子。叫他們去欺負人還可以，真要叫他們辦什麼事那還不如去廟裡求神。』

『等等，你現在是在懷疑你說的那座廟拐走珊珊？還是你打算去那種廟求願把珊珊找回來？』

『我也不知道。不過如果真的能把珊珊找回來，就算……』楊世德的聲音哽咽，『就算要我的命，我也……也要把珊珊找回來。』

車內沉默了好一會，兩個人各自低著頭，看著手上的啤酒罐。

『把車窗打開吧！』阿雪柔聲說，『我要抽菸。』

楊世德把車窗搖下，然後遞了一支菸給她，自己也拿了一支。

『可是那座廟好像已經不在了，』楊世德說完，點燃香菸，『現在是座鐵皮屋，就在我老家附近。以前，我還小的時候，還有去過那裡，我記得那裡是座鐵皮屋，我……』他停了一下，『後來，有人告訴我那裡原本是座廟，後來拆掉了，我怎麼想都覺得奇怪，明明記得是間鐵皮屋的。』『或許你看到的是鐵皮屋，別人看到的卻是一間廟。』阿雪說。

楊世德突然覺得一陣寒顫，可是女人沒察覺他的臉色有異。

『我以前……』阿雪猶豫了好一會，『有去拜過狐仙。』她說完，靜靜看著楊世德，楊世德沒說話，她抽了口菸，繼續說：『那時候我還在台中那間酒店，店經理跟我們幾個小姐很好，其中有個小姐就想釣他……其實那個男人又矮又胖，我也不知道，總之，我也不記得是誰先說的，就說台北有座狐仙廟，去那廟裡拜拜可以讓自己桃花運很好，那個小姐就吵著說要去，我們當然也很想去啦！後來就一夥人殺上台北，去那座廟買了不少香火。那時候我們幾個姊妹裡有一個比較胖，叫作咪咪。』她嘴角微微揚起，似笑非笑，『她胖歸胖，胸部挺大的，叫咪咪實在很合。』

『所以妳也去那裡拜過了？』楊世德問。

『嗯！我只去過一次。』她抽了口菸，『不過重點是這個咪咪，她後來有點走火入魔了。』

『就是那個想追妳們經理的那個嗎？』

『不是！那個後來跟老闆吵了一架，轉到別的店裡去了。這個咪咪一開始算是被我們幾個拉去拜的，後來她每個禮拜都會上台北去那間狐仙廟拜拜，我們一開始還覺得好玩，後來就開始覺得不對勁了。我也有警告過她，我說叫她別再去了，我們做小姐的只要每天都來上班，檯費會少到哪裡去嗎？結果她也聽不進去，還是每個禮拜都上台北，前幾次還有幾個姊妹陪她去，後來大家都煩了，就只有她一個人去。後來……過了一陣子，她就開始變了，變瘦了，而且愈來愈漂亮，她點檯的次數也愈來愈多，還有的客人啊……為了要睡她，連車子都買給她了。可是你知道嗎？那時候我們不但不羨慕，反而覺得很恐怖。她那個時候個性也怪怪的，有一天晚上，她跟我們說……唉！我們那時都嚇壞了，她說有天晚上有個男人來找她，去她家裡找她，這個男人是個阿兵哥的樣子，很年輕，皮膚黑黑的，理個平頭，還穿軍服，就是那種阿兵哥的制服……這個男的我們沒見過，是咪咪跟我們說的，她說那天晚上這個男人來找她，後來就跟她上床了。她說那天她高潮了好幾次，還說那個阿兵哥身材很好，很結實，個子不高，但是老二很大，又大又粗，屌毛又很濃密。』說到這裡，阿雪笑了，『反正就是她喜歡的那種型……她說這個男的做愛的時候身上會有股味道，就是像麝香那種味道，會讓她飄飄欲仙；還有，這個男的很會做，那天晚上他們做到快天亮。她累得半死，可是又睡不著，她就抱著這個男的睡，可是他身上的味道一直讓她很興奮，結果她一整個晚上都沒睡。』女人停了一會，又開了一罐啤酒，灌了幾口，然後彈了彈手上的菸。

是……咪咪又想念起那個男的了，她不讓大姊再到她家過夜，然後啊，她才獨處幾個小時，這個男的就出現了。等到隔天她去上班的時候，真的是遍體鱗傷，我們嚇了一大跳，你知道嗎？那個男的還拿香菸燙她的……燙她那個地方……』

『聽起來像養了小白臉，結果不給錢的時候就被小白臉毒打的那種女人。』

『那時候我們也沒想那麼多。我們勸她搬出去跟其中一個新來的小姐住，她也不要，後來她臉色愈來愈差，然後瘦到不成人形，然後……也不知道是我們姊妹裡哪一個說出去了，結果店裡到處都有咪咪被狐仙給纏上的消息。過了幾天，有一次她遲到很久才來上班，她跟我說她去廟裡求了符咒，那個廟婆說把符咒燒成灰，配水給那男的喝，他就不會再來找她了。』

『可是她不就是希望那男的來找她嗎？』

『嗯？怎麼說？』

『她搬出去不就好了？或是不要開門不就好了？她一直待在家，擺明就是在等那個男的來找她啊。』

『可是，她那時候精神狀況已經不太好了，說穿了就是有點精神不正常了，我們都挺怕跟她講話的，每次跟她說話我們都覺得毛毛的。』

『後來呢？』

『後來她沒來上班了，也不接電話。我們那個大姊就擔心嘛……她就跑到咪咪家找她，結果也沒人應門。隔兩天，我們就在報紙上看到新聞……』阿雪又喝了幾口酒，用手指按了按嘴唇，『報上說的和咪咪之前說的完全不一樣。報上說，咪咪的男友要跟她分手，所以咪咪就跑去什麼鬼地方跟人買了那種套住情人的藥，說穿了就是春藥，結果這個春藥含汞，過了三、四個禮拜她男友就中毒了，後來送到醫院的時候已經沒救了。』

『結果不是狐仙？』

『結果只是她男朋友。』

『她男朋友在當兵？』

『沒有，她男朋友已經有老婆有小孩了，是個老頭了。』

『簡直是一場鬧劇！』

『還沒說完，後來，咪咪交保之後，就割腕自殺了。她死了之後隔兩天才被發現，等到我們知道消息的時候，已經過了三、四天了。那一天，我們幾個姊妹分別收到咪咪的信，是她自殺前寄的，我也有收到，打開信封，就看到一片帶血的指甲。』

楊世德覺得一陣頭皮發麻。

『就是咪咪的指甲。』她繼續說，『是直接拔下來的，還帶著血和皮，就這樣寄給我們……我那時嚇壞了，馬上就丟掉了。那天去店裡的時候大家都在講這件事，我們那個大姊叫我們把指甲留著，小心供奉，有兩個姊妹真的照做了，後來她們的桃花運也真是好得沒話講，其中一個後來嫁了個外國人，做汽車貿易的，又有錢又英俊；另一個後來聽說到大陸了，也是嫁了有錢人做老婆。』她停了一會，看著楊世德，『早知道當初不該丟掉的，不然我現在搞不好也是個少奶奶。』說完，她輕聲地笑了，笑聲像在嘆氣。

沉默了一陣子，楊世德把啤酒罐捏扁，丟到車窗外去，阿雪也把剩下的酒一口氣喝乾，然後把空罐丟出去。

『我不知道到底有沒有狐仙，』阿雪低聲說，『但我看到的是人害人，不是狐仙害人……你應該知道吧？有些事，你不能解決，就算求神求卦也是一樣不能解決。人有的時候……就是要認命。』

她講到『就是要認命』的時候，說話的音色極美極憂鬱，像是大提琴的那種音色。

她對楊世德笑了笑，隨即打開車門，遲疑了一會，才走出車外，把車門輕輕關上。

楊世德坐在黑漆漆的車內，看著她的背影被街燈照亮，她縮著身子，一頭鬈髮被風吹亂，就這樣往海產店緩緩走去，頭也沒回地消失在門口。

到了夜晚，滿街的燈火還沒開始熄滅，卻忽然颳起風來了。

林德生坐計程車到約定的那間酒吧，四處晃了晃，酒吧裡沒什麼客人，只有吵鬧的搖擺爵士樂撐著氣氛。他先跑去洗手間整理了一下頭髮，用水沖一下臉，然後走回吧台旁邊，回撥了那位王太太的手機。『啊！真對不起，我不能來了。』電話裡的女人聲音模糊，『怎麼辦？還是我們約改天？』

『這樣啊……那沒關係。』林德生口氣有點僵。

『呵呵……真是愛生氣，我騙你的，我現在就在你後面。』

林德生趕緊回頭，吧台後一個角落的桌子，一個女人對他招了招手，他帶著笑走過去。

『王太太。』

『叫我珮琪吧！』那女人拍了拍旁邊的小沙發，示意要林德生坐下，『我老公又不在，叫什麼王太太？』

女人比想像中年輕得多了，恐怕才二十五、六吧！她的外表也比想像中美多了，一頭絲緞般漂亮的黑髮，皮膚像肥皂那樣滑膩，嘴唇很性感，笑起來更性感。她穿了一件黑色的低領針織衫，戴了一串銀白色的珍珠項鍊，跟耳環上的珍珠應該是一整套。

『那天我喝醉了，有給妳添什麼麻煩嗎？』林德生坐下來，像是有點靦腆地看了她一眼，女人也看著他，抿著嘴笑了。

『你喜歡聽爵士樂嗎？』她問。

『什麼？』

『爵士樂，你喜歡聽這種音樂嗎？』

『還好，沒怎麼在聽。』

一個年輕的服務生走過來，把菜單遞給林德生，林德生低頭看著。

『你去跟吧台說，』那女人說，『叫他把音樂換掉！我要聽探戈或倫巴。』說完，她看了林德生一眼，把他手上的菜單抽過來。『還看什麼？你每次不都點一樣的東西嗎？』她把菜單交給服務生，『開一瓶起瓦士，給我兩個杯子，一個杯子不要放冰。』

林德生覺得驚訝，他怎麼也想不起這個女人，但她卻連他平常喝什麼酒都知道。

『對了！』林德生裝作輕鬆，『妳老公還好吧？今天怎麼……』

『別提他了！』女人身體往後傾，背靠著沙發，『你呢？這兩天都在忙什麼？』

『喔！老樣子，跑東跑西。』林德生邊說邊想著套出這女人身分的方法。

『你還真是活潑好動。呵呵……』她說完，翻了翻旁邊的皮包，然後又抬起頭來，『你還有菸嗎？』

林德生從褲子口袋裡拿出菸來，她整包掏過去，拿出一支菸放在嘴邊，點上火，吸了一口，然後又把菸遞給他，林德生伸手接著，她又馬上點了另一支菸，然後把菸盒放在桌上。林德生看著手上的那支菸，菸嘴上有淡淡的口紅印。

過了一會，音樂果然換成激昂的倫巴舞曲，服務生也送上酒來。她拿起沒加冰的杯子，堅持要自己倒酒，結果倒了將近半杯。

『來！來！來！敬妳！』林德生也拿起杯子。

女人笑了，笑得很嬌媚，她拿起杯子，和林德生各自喝了一大口。

『喂！』她抽了口菸，『來玩個遊戲？』

『什麼遊戲？』他故意裝出一副無辜的表情。

『我們比賽喝酒，一次喝一杯，誰喝得慢，就要回答對方一個問題，什麼問題都要回答。』她看了林德生一眼，眼光閃爍，『怎麼樣？』

『那萬一我又喝醉了沒付帳怎麼辦？』

女人又笑了。她帶著笑，把林德生的杯子拿過來，直接把裡面沒喝完的酒和冰塊一起倒掉，然後重新倒了酒，她像是漫不經心，但倒的分量剛好跟她自己杯子裡的一樣多。她看了看，像是很滿意，把杯子遞給林德生。

『數一二三喔……』她說，林德生只是笑著，『一……二……三！』她一說完，兩個人立刻拿起杯子，幾乎是一口氣喝盡，女人的杯子先碰到桌子。『哈！贏了！』她大叫一聲。

『哎呀……妳會不會喝太猛啦？』

『少廢話，你現在要回答我一個問題。』

『好！妳問吧！』林德生用手搗著臉，裝出很害怕的模樣。

『嗯……』她想了一想，把菸熄了，然後一隻手托著下巴，看著他，『你現在有沒有女朋友……啊！不要！你現在有沒有你愛的人？』

『沒有。』他說，『好！再比一次？』邊說著邊開始倒酒。

前一次林德生故意放水，這一次，他打算玩真的，他打算用這個問出女人的身分。

『一……』這次林德生自己數了起來，『二……三！』他說完，馬上一口喝盡杯子裡的酒，喉嚨一陣灼熱，可是女人只是笑笑看著他，動也沒動。『啊！妳怎麼……』

『我又沒說我要玩。』她笑著。

『不行！妳沒喝就算輸了，妳要回答我一個問題。』

『也可以，你問吧！』

『我喝醉那天晚上……妳跟我說那天的情形。』

『這又不算問題。』她邊說邊幫林德生倒酒，『不能這樣問，你應該問那種可以一句就回答完的問題。』

『那……我那天……我那天晚上睡的是妳家？』

『沒錯！』她拿起杯子，『我嫁人之前自己住的公寓。』

『我以前有去過那裡嗎？』

『嘖！』她晃了晃酒杯，『贏了這一杯再說，不能一次問好幾個問題。』

他們又喝了一杯，這次是林德生先喝完，他杯子碰到桌子的時候發出很大的聲響。

『我贏了！』他說，『好！說吧！我以前去過妳家嗎？』

『等等！你沒喝完。』她指著林德生的杯子，『看！還剩一點，這應該算我贏。』

『少來！少來這套！』林德生一邊說，一邊暗自覺得不妙。他連著三杯威士忌下肚，酒意直衝腦門，眼前的景物晃了一下。

『我不管。』她推了推林德生，『這杯是我贏，你要回答我一個問題。』

『好！你媽個屄！妳問！』

『你上次說你有個女朋友去澳洲念書了，你當兵以前交的那一個，』她表情有點認真，『你還愛她嗎？』

『我什麼時候說過我愛她了？』

他勉強想仔細看清楚這個女人，她也看著他，笑得很美，臉上有淡淡的紅暈。林德生也不知道怎麼回事，忽然湊過臉去，吻了她的唇。她沒反抗，林德生一隻手摟著她的後頸，然後用舌頭撥開她的嘴唇，他們熱吻了一下子，女人輕輕把他推開，林德生坐回沙發上，開始覺得有點想吐。她站起身，聽不清楚講了些什麼，然後拉著林德生往酒吧後面走去。

林德生盡力不讓自己走得東倒西歪，但還是撞到了走道旁的沙發。女人拉著他走進一間小包廂，包廂裡有一排L字形的長沙發，跟走道只隔了一片金色的布幔。他靠牆站著，女人靠近他，雙手環著他的頸子，他把手放在她的腰，然後輕輕地伸進她的上衣，撫摸她的胸部，她發出輕飄飄的喘氣聲，身體貼著林德生，一隻手在他褲襠處，像是在探索什麼似地仔細揉搓著；她的臉湊近林德生的臉，表情很迷濛，像是陶醉在誘惑裡的那種表情；林德生緊抱住她，吻她的嘴唇，臉頰，耳垂；她輕巧地解開他襯衫的鈕釦；他撩起她的裙襬，急匆匆地要扯下她的內褲，她像是抗拒地後退了一步，隨即又伸手解開他的褲子，他的陽具已經硬得像石頭；他又伸手想脫下她的內褲，可是她卻盈盈蹲下身，一隻手握著他的陽具，舌頭輕輕在龜頭上劃了一個圈，林德生興奮得打了個顫，接著，一陣陣快感從他下體傳來；他的呼吸聲變得愈來愈粗重，他實在興奮極了，他拉起女人，把她按倒在長沙發上，掀起她的裙子，把黑色的內褲扯下，他把口水吐在自己手指上，把手指伸進她的陰唇，她輕叫了一聲，接著他馬上壓在她身上，陽具緩緩沒入她的私處，那裡緊實地包圍著他，他喉嚨裡發出一陣低沉的聲音，接著，發瘋似地抽動起來；她緊抱著他的背，大聲呻吟。
忽然，金色布幔被拉開，一個服務生面無表情地遞了一支手機進來。
『王太太，妳的電話。』
『啊！』女人驚慌地推開林德生，接過手機。
林德生頭昏腦脹，還沒搞清楚狀況，女人就站起來，撇下他不管，邊聽著手機邊整理衣服。她低頭撿起被丟在地上的黑色內褲，轉過身，笑笑看著林德生，把那件內褲罩在他保持興奮的陽具上，然後邊講著手機邊離開包廂。服務生輕輕把金色的布幔又拉上，留下林德生一個人。
他原以為女人很快就會再走進來，可是她沒有，林德生就這樣不知不覺地躺在長沙發上睡著了。

吹了整個晚上的風，在快要午夜的時候才停，滿街都是行道樹的落葉。
楊世德看了一會電視，還沒打算去睡，他拿出那份失蹤孩童的名單，翻了翻，待看到蔣杏美這個名字就停住了。
這個在班上功課一向很好的小女孩，就是楊世德老婆的堂妹。她的失蹤，楊世德也是兇手。
他拿起那疊從老家帶出來的信件，相簿，成績單。他打開相簿，翻到叔叔最後的幾張相片，那時他看起來已經有十歲出頭了吧！可是相片裡的男孩表情有點怪，臉像是在笑，可是那眼神，不知怎麼地，楊世德覺得那眼神像是直直盯著他看。楊世德又翻了翻自己小時候和爺爺奶奶合照的相片，心裡思緒翻湧。他看著旁邊那疊叔叔和筆友的信件，伸手想拿起來，剛好電話聲響起，他恍恍惚惚走到電話旁，隨手接起。

『喂？』楊世德應了一聲。

『……楊世德？』是個男人的聲音，聽起來有一點熟悉。

『哪位？』

『你……的女兒……』

楊世德像是被電擊一樣，立刻清醒了過來。

『我女兒在你那裡嗎？』他大叫，『她活著嗎？你有沒有對她怎麼樣？你想要錢嗎？你想怎樣？』

『你……』那聲音斷斷續續地，『……知道了吧？……那個……不是人類……』

楊世德緊握著電話，忍不住掉下淚來，接著愈哭愈大聲，也不知道自己為什麼哭。

他想到送小女兒去上課的那一天，想到小女兒跟他笑著揮手，想到爺爺奶奶，想到小時候跟著他走上小山坡的同學們，想到一年前大女兒的頭顱。他想到很多很多事，也想到那座鐵皮屋。

『庚戌……』那聲音繼續說著，『七月初十……老家……鐵皮屋……』

電話隨即掛斷了，話筒裡傳來一陣雜訊聲。

五、玩伴

林德生醒來後，發現自己又躺在之前那間奇怪的公寓，那個年輕的王太太的公寓。

他全身赤裸，身上連一件棉被都沒有，床單上沾滿他的汗，溼熱得難受。他坐起身，一樣看到自己的衣服被整齊疊在床頭旁的櫃子上，一樣擺了一瓶礦泉水，房間內的光線一樣被深色窗帘遮蓋，一樣悶熱。他沒特別感到什麼宿醉後的頭痛，只是腹中飢餓，還有一點時間錯亂的感覺。他緩緩站起來，去廁所小便，然後走回床前，把礦泉水一口氣喝完，穿上衣服，拉開窗帘，打開窗戶。窗外沒什麼風，跟屋裡一樣悶熱，嘈雜的車聲透進房間裡，林德生覺得心煩氣躁。

他努力搜尋昨晚的記憶，最後只記得自己躺在酒吧裡的長沙發上，然後就不省人事了。他完全記不得是怎麼跑到這裡來的。

他覺得有點不舒服，走出房間，四處看了看，房間的擺設仍是一樣。他拿出手機，打了個寒顫，手機的電池一樣只剩一格，他愈來愈覺得不對勁，他翻遍全身的口袋，一樣只找到一包菸，裡面只剩下最後一支，一樣沒找到打火機。

『對了！我記得上次……』

他快步走到廚房，流理台上果然放了一個玉製的香爐，就跟以前『那個』王太太客廳裡的香爐差不多。他順手打開香爐的蓋子，裡面乾乾淨淨什麼也沒有。林德生實在不想把『這個』王太太和『那個』王太太聯想在一起，因為只要他一開始這麼想，就會發現愈來愈多令他不舒服的徵兆。

他走到客廳，坐在紅棕色的皮沙發上，屋子裡實在太悶熱了，他汗溼的背一碰到沙發就覺得黏。他看看手機上的時間，快十點半了，果然，過沒多久就聽到門外傳來一陣叮叮噹噹的鑰匙聲，跟上次一樣，穿著藍色制服的老管理員開了門，對林德生笑笑，招了招手。

『我是大樓管理員啦！』老人說，『王太太剛才打電話給我，說你沒鑰匙可能出不來，叫我十點來開門。不好意思我上來晚了。』

林德生沒接話，他站起身來，走出門去，老管理員笑咪咪地把門關上，然後和林德生一起坐電梯下樓。林德生這次暗自記住了門牌號碼，他走到地下停車場，坐進那台黑色ＢＭＷ，打電話給小羅，要他查這個住址，然後把手機接上充電座，開車離開這棟公寓。

天空藍得像剛下過雨，巨大的白雲一片片疊在一起，像是海邊的那種風景。

林德生一路開往岡山楊世德老家，昨晚約好的工人已經到了，一老一少坐在樹蔭下抽菸，看到林德生，跟他招招手。

『不好意思我睡過頭了。』林德生說，揮手示意要他們跟過來。他們走到後山那間鐵皮屋旁，林德生指著中央的深坑，『就是這裡，要把這裡挖開，然後旁邊這裡也要挖開來看一下。』他說完，兩個工人就用腳把地上的鐵皮屋殘骸掃到一旁，接著，老工人站在一旁四處看看，年紀比較輕的那個走下去拿工具，林德生交代了幾句，然後走到山坡下那棟透天厝去。

他沒怎麼多觀望，直接走上頂樓，佛堂旁的那個小房間仍是上了鎖，林德生也不覺有異，他拿出鑰匙，直接把整個門把都拆下來，然後走進房間。房間裡仍是乾乾淨淨，隱約聞得到一絲淡淡的香味。林德生彎下腰把床底兩個紙箱拖出來，其中一個紙箱已經被打開了，他掀開來，看到一些衣服雜物，接著又打算拆開第二個箱子，可是電話忽然響起。

『喂……林德生。』他隨手接起，迅速站起身來。

『我小羅啦！』電話裡的聲音似笑非笑，『我找到你說的那個人啦！』

林德生迅速拿起紙筆抄下一些資料，隨即拎著那兩個紙箱衝下樓去，他急匆匆跑下樓，走到後山，那個老工人站在鐵皮屋地深坑旁，年輕的那個則還在坑裡。林德生快步走近，才看到老工人臉色有異。

『這個要加錢喔！』老工人開口。

『什麼？』林德生走近鐵皮屋中間的深坑，低頭看去，年輕工人站在坑內的角落抽菸，四方形的深坑已經被挖了一大塊，裸露的爛泥中，可以清楚地看到兩塊像是人骨的東西。

沒錯！這個坑裡埋著人骨。

『要挖死人喔……』那老工人繼續說，『要先燒點錢啦！沒有這樣直接挖的啦！這樣不好。』

『那些是人的嗎？』

『當然囉！你自己看看。』『不用了，』林德生掏出一小疊紙鈔，『你去幫我買吧！紙錢香燭什麼的，該買什麼就買，處理好就繼續挖，把骨頭都拿上來，我有事要去屏東一趟，下午就會回來。』說完，林德生要轉身離開，忽然又停了一下，回頭拿出更多現鈔，遞給老工人。

『放心吧！』老工人接過鈔票，『我們不會講的啦！』

林德生揮揮手，然後快步走下山去。

那些骨頭是楊世德的叔叔的嗎？或者是那些失蹤的小孩子的？

林德生走到自己車子旁邊，拿起手機，看了看警局朋友小羅的電話，猶豫該不該向附近派出所隱瞞那些人骨的事情。老實講楊世德的案子已經遠超過他能處理的範圍了，他也不明白自己為什麼還不喊停。林德生想到那些攤在地上，他看也不想看一眼的人骨，那都是真實的，傳說故事變成了真實，雖然在心裡期待著，但當他直接面對這個真實的時候，他思緒混亂，只想轉身離開。

黑色轎車開到高速公路不久，冷氣又壞了，林德生打開車窗，解開襯衫上所有鈕釦，仍然熱得心煩氣躁。

車子開到了鄉間的道路，四周景物空曠又紊亂：巨大的水泥管曬得龜裂，隨地堆放的鋼條任意鏽蝕，荒廢的香蕉園飄來一股殺蟲劑的味道……這裡是被都市吸取生命力之後的殘骸，在太陽底下看起來像另一個世界——或許才是真實的世界。林德生一根菸抽完，又點燃另一根，但還是清楚聞得到遠處傳來的雞寮的屎味。他穿過一個老舊的土地公廟，穿過一排排雜草叢生的水田，在一間民間安養院前停了車。

據小羅的調查，楊世德叔叔小時候通信的那個筆友——姜齊軒——就住在這裡，如果沒算錯，應該也七十幾歲了吧！

安養院大樓是新蓋的，門廊兩旁種植的樹半乾半枯，更旁邊有一座水池，水池上方蚊蠅飛舞。林德生走進大廳，大廳一個人也沒有，只是不知從哪個方向傳來帶著迴音的電視機的聲音。

『有人嗎？』林德生大叫。停了一會，又叫了幾聲。

隔了老半天，一個胖女人從大廳後面的房間走出來，腳步蹣跚，臉上還留著午睡的枕頭印。

『找誰？』胖女人走進接待櫃台，翻開一本訪客登記簿，丟到林德生眼前。

『我來找一位姜齊軒先生。』林德生迅速地簽了名，關係欄上寫了『外甥』兩個字。

胖女人頭也沒抬一下，在電腦前裝模作樣地按了幾個按鍵，『B棟3樓，三〇七。』她往大廳左邊的一扇門指了指，『走出去右轉，到樓梯再左轉，直接上樓。』

林德生走出大廳，在彎來彎去的走廊間找了老半天，稀稀疏疏的老人們紛紛投以好奇的眼光，雖然他也很想問路，但不知怎麼就是不願開口。這時候，林德生偶然回頭，在一處樓梯的轉角看到一個熟悉的女人的身影，他靠過去想看仔細一點，但那女人一溜煙似地消失在樓梯間，林德生又追了上去，走到了二樓，卻連一個人影也沒看到。

林德生好不容易找到了三〇七號房，按了電鈴，聽到一聲女人的回應聲，接著，門打開，一個矮小得像嬰兒般的老女人探出頭來。

『您好，』林德生堆起微笑，『我想找姜齊軒先生。』

『什麼？』

『我找姜齊軒先生。』

『你是誰？』

『我是一位楊先生的朋友，楊天常先生，請問妳……』

『大聲點！』

『我是一位楊先生的朋友，楊天常。』

『進來吧！』老女人揮揮手。

林德生邊禮貌地點著頭，邊走進小房間，老女人輕輕把門帶上，像是怕會吵到人一般。小房間昏暗得像傍晚，緊閉的窗帘只透進些許灰綠色的朦朧的光線，靠窗的那頭擺了一張病床，上面躺了一個人，林德生沒看仔細，只覺得那人模樣有些奇怪，好像裸著身體。正想到這裡，後腰忽然一陣劇痛，他大叫出來，往前跌在地上，伸手往後摸，竟摸到一截刀柄，他驚慌地回過頭，老女人那矮小的身體快如山貓地撲近，林德生還沒來得及多想，一腳就往老女人身上踢過去，老女人飛也似地撞向牆角，沒再動一下。

林德生痛得眼冒金星，他怕自己就這麼暈過去，他想爬到屋外求救，又不敢移動身體，接著，他拿起手機，撥了電話給小羅，但手機沒人接聽。林德生想到病床上還躺了一個人，也不知道會不會有危險，只好咬著牙緩緩站起來，他還來不及站定身子，抬頭看向病床，這一看簡直像掉進噩夢：病床上那個人像是在昏暗中坐起身來，林德生這才清楚看到，那人沒有五官，眼睛鼻子只剩凹洞，裸著的身體沒有四肢，只有一顆頭顱連接著身體，他正以一種怪異至極的動作，像蟲一樣朝林德生的方向靠近。林德生看到他對著自己的臉張大了嘴，口水流了下來，嘴裡卻沒有牙齒也沒有舌頭。林德生腦中一片空白，轉身往屋外衝去，在門邊狠狠跌了一跤。

楊世德趕到岡山老家的現場時，工人已經挖得差不多了，附近居民全圍在後山鐵皮屋那兒，對著挖出來的人骨指指點點，一輛警車停在路邊，可是車裡的警員卻只顧著在講手機，一點也沒有要下車的意思。這時候，楊世德第一個想到的不是媒體報導，也不是附近鄉民們的閒言閒語，他只專注地看著那些人骨，童年時的回憶像雷擊般一陣陣在腦中炸開。

這些人骨就是童年中的那些受害者了！

過沒多久，幾個看起來像是鑑識人員的男人走上來，氣喘吁吁地四處看了看。

『楊議員，不好意思，』一個看起來年紀最大的男人說，『我們先把骨頭帶回去做鑑識，有消息我會第一個打給你跟你說。』

另一個較年輕的男人湊上前，低聲說了幾句話，楊世德隱隱聽到，是在討論帶不帶自己回去做筆錄。他顯得漫不在意，只是對著坑裡的兩個工人說：『不用挖了！上來吧！』

楊世德沒有離開，他呆站在一旁，想起小時候曾被自己帶上這個小山坡的童年玩伴們。他又想：如果這些事都是真的，那麼，那時候在鐵皮屋裡跟他說話的那個叔公也是真的了？他究竟是誰？他到底做了什麼？……楊世德想到這裡，又忍不住想起昨晚電話裡那充滿雜訊的聲音：

『你……知道了吧？……那個……不是人類……』

想到這裡，楊世德被身旁那幾個鑑識人員打斷。

『楊議員，不好意思請問一下，』最年長的那個男人說，『你是怎麼知道這裡埋了這麼多人？』

楊世德看也沒看他一眼，深吸了一口氣：『我小的時候，這一帶有幾個小孩失蹤，後來我聽說我老家這邊從前是座廟，還說來廟裡拜過的人，家裡都有小孩失蹤，之後愈想愈不對勁……』

『可是，這些人骨，』年長男人遲疑地，『不是小孩子的！』

楊世德愣了一下，他低頭看著排在深坑旁的那些人骨，對啊！這些明明是成年人的骨頭。是成年人！不是小孩子？

『而且，』年長男人繼續說，『我們只找到一些腿骨、手骨、肋骨，就是沒有頭骨，這樣我們也沒辦法做齒模辨識。』

『沒有頭蓋骨！』另一個年輕男人插話進來。

『總之，』年長男人又左顧右盼地，『我們會多派一些人在附近一帶找找看，這裡這麼多骨頭，看起來也應該有一、二十個人吧！』男人斜眼看著楊世德，『對了，楊議員，您在這住多久了？』

『不用拐彎抹角了！』楊世德依然面無表情地，『你想說一般埋這麼多人，兇手通常不是屋主就是住附近的人對吧？』年長男人尷尬地搖搖手，楊世德停了好一會，嘆了口氣，說：『你們就盡力調查吧！有消息就通知我。』

楊世德走回車上，車裡悶得像烤箱，他把冷氣開到最強，仍然熱得喘不過氣來。

『不對勁！好像哪裡不對勁！』楊世德車子開得飛快，『為什麼會是成年人？』印象中那些兒時朋友消失在鐵皮屋旁的情景，在眼前的烈日照耀下愈來愈模糊。

他渾渾噩噩來到醫院，大步走進老婆的病房，打開門，搖醒明顯在裝睡的老婆。

『妳還記得妳堂姊的事嗎？』楊世德邊說邊找張椅子，挨近老婆床邊坐下，『蔣杏美，妳大伯的女兒，妳還記得嗎？』

楊世德老婆坐起身來，帶著奇怪的表情，但是沒看著他。

『我堂姊？死了好多年啦！又怎麼了？』

『死了？她不是失蹤的？』

『死了。生病死的。』

『病死的？什麼時候的事？』

『問這個幹嘛？』

『妳先跟我說，她什麼時候死的？』

『不記得了！我很小的時候她就死了！』

『她生的什麼病？』

『不記得了！』她嘆口長氣，調了調姿勢，打算躺回去，楊世德卻一把拉住她。

『妳堂姊是我小時候的同學，』楊世德說，『我記得她後來失蹤了，就在我岡山老家那一帶，妳聽我說，我們家……』說到這裡，楊世德停住了。

『我們家怎麼了？』

『沒有！我是說我岡山老家。』

『你老家又怎麼了？』

楊世德抬起頭看著老婆，『我老家那裡鬧鬼！有很多小孩在那一帶失蹤。』

楊世德老婆笑了。笑了好一陣子，病房的門倏地打開，年輕的菲傭走了進來，看到楊世德坐在床頭旁，手忙腳亂似地隨便整理整理，拿了插了花的玻璃瓶就走出去了。房間沉靜一會，楊世德老婆忽然轉頭看著他。

『我堂姊小時候被不乾淨的東西纏上。』她淡淡地說，『那時候，她沒什麼朋友，我大伯不怎麼讓她跟其他小孩往來，她有潔癖，是病態的那種潔癖。』她停了一會，像是要努力回想，『有一天，她偷偷跑到溪邊玩，後來，就帶了不乾淨的東西回來。』

『什麼樣的不乾淨的東西？』

『她有潔癖，最怕看到髒的東西，只要一看到她就會尖叫，可是那天她從溪邊回來，說帶了個朋友，她和那個朋友手牽手，那是一個髒到皮膚都長膿瘡的野孩子，沒穿衣服，又黑又瘦，瘦得跟非洲人一樣，我們家附近的人都說從沒見過那個小孩，也不知道到底是男是女，跟我堂姊一般高。我嬸嬸覺得那不是一般小孩，所以不敢直接趕走它，它和堂姊在家裡玩了一陣子，到了天黑就回去了，我大伯找了人跟過去，跟沒幾步就跟丟了，那時候天很暗，鄉下的小路也看不清楚。我大伯就問堂姊怎麼認識這個小朋友的，堂姊說在樹林裡遇到的，接下來，堂姊說的話，讓我們全家人都嚇得臉色發白……』

『她說了什麼？』

『大伯問她：「那小孩那麼髒，妳不怕嗎？」堂姊聽了好像很緊張，問說：「它看起來很髒嗎？它說我死的時候看起來就是那個樣子。」然後一直問別人那小孩有多髒，因為從她看來，那個小孩跟她自己一模一樣。』楊世德老婆說到這裡，忍不住聲音愈來愈細，『過沒多久，堂姊就病了，我大伯找了一堆醫生道士都沒用，然後她開始生膿瘡，掉頭髮，皮膚變黑變瘦，到最後，她死的時候，就跟當初大家看到的那個小孩一模一樣。』

聽到這裡，楊世德也愣住了。他原以為那個蔣杏美死在病床，應該就跟自己兒時的模糊回憶沒有關聯了，但是，現在聽到她的故事，而且她的病狀跟自己叔叔的病狀幾乎一模一樣，又覺得更不對勁。

『那個不乾淨的東西，』楊世德問，『是鬼還是什麼嗎？』

『我怎麼知道？』

『妳大伯有沒跟妳提起岡山有座廟？』

『沒有！他不信那套的！』

『妳堂姊有跟妳提過什麼廟嗎？』

『沒有！』楊世德老婆停了一下，『不過……她有說過，叫我不要靠近廟，她說廟裡的神都很可怕……』

楊世德問得一頭霧水，再也沒說話。他張直著眼，看向窗外，嘴中彷彿念念有詞。

記憶中的那些小朋友的身影，明明是一個接一個地消失在後山的鐵皮屋；可是現在卻發覺事實似乎不是如此。那麼……那麼……鐵皮屋下的那些人骨，又會是誰呢？

楊世德打了電話給林德生，但是手機沒人接聽。

天色已經要黃昏，但是空氣仍然悶熱。

似有似無的微風吹動灰綠色的窗帘，沒帶來一絲涼意。

林德生醒來後發現自己躺在一張病床上，旁邊各有兩張空病床。他全身無力，身體好像不是自己的，頭也隱隱作痛。

他沒花太多時間環顧四周，而是先回想自己暈倒前的情況，對！他記得被一個老太婆刺了一刀，還有，他清楚的記得，彷彿那記憶會跟著他一輩子……對！病床上的那個人，沒有五官，沒有四肢，像鬼不像人的人。林德生虛弱地伸出手，想要拿起放在床頭櫃上的手機，但是他一動到肩膀，後腰就傳來一陣劇痛。他再也不敢動一下，感到害怕極了，他看著天花板上旋轉不停的電風扇，清楚地意識到自己的恐懼不是來自受傷或死亡，而是來自眼前的真實不再那麼真實。

林德生意識清醒地躺到傍晚，一個中年護士走進來開燈，看到林德生醒著，走過來檢查點滴瓶和病歷表。

『你運氣很好啦！』中年護士用像是哄小孩的聲音說，『你傷勢不算嚴重，沒有傷到內臟啦！阿晚一點警察會來找你談，你先休息一會吧。』

『那個老太婆，還有那個人……』

『都沒事啦！今天沒有人死啦！阿婆受了點擦傷，休息一下就可以出院啦。』

『我的手機……』

中年護士似乎猶豫了一會，伸手把手機遞給林德生，然後轉身走出病房。

林德生看了看手機上顯示的未接來電，有小羅打來的，楊世德打來的，張醫師打來的，其他一些閒雜人等打來的，但是林德生都不想回電，他看著手機，想到的卻是昨晚的那個王太太。『怎麼她一通電話都沒有？』林德生想到這裡，又忽然想到今天在安養院樓梯間看到的那個女人的身影，他本來以為可能是那個王太太，但是仔細想想又覺得不可能，那個瞬間消失的人影明顯沒有王太太高挑，而且頭髮也明顯短得多。

林德生還是回了所有的未接來電。

他先是打給警局的朋友小羅，小羅說了些姜齊軒的紀錄，但沒查到昨晚那個王太太，林德生醒來的那間陌生公寓的門牌根本不存在，他們談了好一會價碼，小羅才願意仔細去查；接著他又打給張醫師，張醫師說了一堆有的沒的，大致意思是把鐵皮屋上那些字拿給別人看了；最後，他才撥給楊世德。

『第一件事，』楊世德電話裡冷冷地說，『岡山那裡被警察封鎖了。』

『被封鎖了？』

『挖出了不少人骨，』楊世德嘆口氣，『這種事反正本來就藏不住。』

『查出那些骨頭的身分了嗎？』

楊世德忽然沉默，停了好一會，像是夢囈般地說：『查不出來。都是些手骨腳骨之類的，沒有頭骨……你知道嗎？』楊世德講到這裡，像是在苦笑，『那些都是同一個人的骨頭。』

『什麼意思？』

『現場挖出了……我看看……』楊世德停頓片刻，『三十三支右手臂骨，三十七支右手腕骨，二十九支左手臂骨，四十一支左手腕骨，四十六支左腿骨……』楊世德像是講不下去了，他又停了好一會，『這些骨頭初步鑑識的結果，說都是同一個人的。』

林德生全身寒毛直豎。

『我找到你叔叔的筆友了。』林德生說。

楊世德沒接話，連呼吸聲都聽不到。林德生繼續說：『他沒有四肢，沒有五官，只剩一顆頭接著身體。』停了一會，又說：『他什麼都不能說了。』

『去查一下他怎麼弄成這樣的。』

『我知道了。』

林德生跟楊世德簡短說明自己的傷勢，但盡量說得好像沒事一樣，他知道徵信工作是消耗品，用壞了馬上可以由別人接替。林德生掛了電話，然後躺在病床上，閉起眼睛。

剛才小羅幫他查了紀錄，姜齊軒十三歲時出了意外，後來在醫院做復健，之後就再沒消息；也就是說，姜齊軒是從那時候失去四肢和五官的，到現在也六十年了。沒有視覺聽覺嗅覺，沒有味覺，不能說話，不能移動四肢，失去所有和外界的聯繫，全然一片黑暗寂靜，完全孤獨地被困在自己身體裡，這樣過了六十年。這六十年來，他都在想些什麼？

林德生心裡萌生強烈的想再見他一面的念頭。

病房的門輕聲地被打開，林德生半抬起頭，嚇了一跳。一個瘦小的老女人從病房門口緩緩向他走來，那是今天在姜齊軒房裡的那女人，刺了林德生一刀的那女人，對！林德生清楚看到，她手上握著一把手術刀，像鬼魂一樣無聲無息地走來。

林德生慌了，他左顧右盼，病床周圍沒有通知院方的電鈴，也沒有可以抵抗的工具，他一手握著手機，腦中一片空白，而那老女人已經走到床前，向他伸出手，在病床邊摸了摸。林德生這才發現老女人是瞎的，她的手勢像在尋找一樣，輕輕碰到林德生的大腿。

林德生全身僵直，動也不敢動一下。老女人冰冷冷的手從他的大腿慢慢摸到腳底，然後仔細地摸著腳趾，她呆然的眼睛泛起淚光，手也不停顫抖，另一隻握著刀的手一鬆，手術刀掉在地板上，發出令人發涼的聲響。『齊軒吶！』老女人聲音抽噎地，『媽媽就說你的手腳總有一天會復原的嘛！』

她兩手不停地在林德生身上四處撫摸，像是輕柔，又像是激情的。

『唉！你看你，全身都是汗。來！媽媽幫你把衣服脫了！』老女人邊說邊開始脫林德生的褲子。林德生忍著腰間的疼痛想掙扎逃下床，卻又被老女人一把抱住，『怎麼？你有手有腳了，不要我了？』說完，兩手按住林德生的頭，竟是要跟他接吻。林德生用盡僅有的力氣推開那老女人，她向後倒在另一張病床的床沿，摔在地板上。

『你不是齊軒！』老女人吃力似地站起來，『你是那個畜生！』她撿起掉在地板的手術刀，惡狠狠地靠近林德生，林德生大聲喊叫，兩個警員從門外衝進來，制止了正撲向林德生的那老女人。

天色一下子就暗了下來，鄉間的醫院人聲嘈雜，上了年紀的醫生和護士們從沒遇過這樣的事，全都停下工作議論起來。

攻擊林德生的那老女人，也就是姜齊軒的母親，被施打了鎮定劑，束在一間病房的病床上，等安養院那邊的人趕來處理。

林德生打了不少電話，才總算解釋清楚自己尷尬的身分。跟林德生問話的兩個年輕警員很熱心，甚至有點熱心過頭了，他們不管林德生腰上的傷，叫了一堆滷味啤酒，兜在病床旁跟林德生吃了起來。林德生原本打算問點什麼消息，可是這兩個一高一矮的年輕警員開口閉口只聊些酒店裡的事。

『高雄的店有什麼不一樣？』其中那矮警員問。

『店不一樣也沒差，』林德生懶懶地說，『幹的事還不都一樣？』

兩個年輕警員笑得人仰馬翻。

安養院的負責人趕來醫院的時候，姜齊軒的老母親就已經斷氣了。這個看起來有點駝背的安養院院長也差不多四十來歲，站在病房門口一副手足無措的樣子，看著醫護人員急救，拆管線，蓋白布，始終不發一語；當他來到林德生的病房探望的時候，也只是呆站在門口問些客套話。

『我得再見一見姜先生！』林德生說。

在兩位警員的協助下，林德生坐著輪椅來到姜齊軒的病房。院方因為無法獨力照料，所以跟著他老母親一起送到醫院來。這一次，病房裡明亮的燈光照得一清二楚，臥坐在病床上的姜齊軒靜得不像是個活著的東西，他身上蓋著薄被，只露出肩膀和頭顱，頭上沒有頭髮也沒有五官——眼睛，鼻子，耳朵，都只剩凹洞。詭異的是：也許是因為沒有五官的緣故，他看起來頂多四十歲，完全沒有七十歲老人的樣子。

『這真的是姜齊軒？』林德生看著安養院院長，『他不是七十幾歲了嗎？』

『六十幾吧！』安養院的院長聳了聳肩。

『他怎麼變成這樣的？』

『姜先生小時候曾經被綁架，』安養院院長說，『他是單親家庭，可能母親籌不到贖金吧！總之，過了一、兩年，等到他被發現的時候，就已經是這樣子了。』

『這樣還能活啊？』那矮警員問。

『聽說，他被發現的時候傷口早就癒合了，我們也不知道那些綁匪是怎麼弄的，總之那時他除了失去手腳和五官外，都還算健康。』

『綁匪有找到嗎？』矮警員問。

『沒有！他也沒辦法說話，別說提供任何線索了。』

『在哪裡找到他的？』林德生忽然插話。

『聽說就在他老家後面。』

『老家後面？』

『嗯！他老家後面的廢工廠。』

『怎麼不給他穿衣服？』高個兒警員忽然打斷。『他不喜歡穿衣服。』安養院長低聲說，『他只剩下皮膚還有觸覺，那是他對外界唯一的感覺了，每次給他穿衣服，他就會鬧個不停。』

『所以他也聽不到？』林德生問。

『他沒有耳膜和耳骨，也沒有聲帶，沒有牙齒舌頭，綁匪把他弄成完全的殘廢。』

『那……』矮警員一臉好笑地，『那他……那個呢？』

沒等安養院長做回應，高警員笑嘻嘻地走到病床前，伸手掀開了被子。

兩個警員都笑了，林德生卻覺得一陣強烈的噁心。

『哇賽！』掀被子的那警員揮手要其他人靠過去，『好……大……啊！』

姜齊軒失去四肢的身軀蒼白如紙，卻健美如青年，受刺激而勃起的陽具巨大如少女手臂，陰毛短少如少年。他不知站在床邊的是誰，竟開始緩緩扭動腰部，呼吸聲像是帶著痰，失去五官的臉上浮現詭異至極的表情。

『你做好事幫幫他吧！』矮警員對高警員竊笑，而那高警員從上衣口袋拿出了一枝筆，邊做了鬼臉邊要用筆去觸碰姜齊軒的陰莖。

『你們不要鬧了。』安養院院長雖然一臉嚴肅，但口氣卻一副漠不關心。

林德生起了強烈的噁心感。他想到剛才那老太婆——姜齊軒的老母親——在病床前的舉止，馬上就明白這對母子的亂倫醜行：兒子在幼年殘廢，母親一路照料，不久後，男孩在發育期漸漸開始產生生理變化，讓母親意識到這是兒子唯一僅存的『感官』，飽受刺激並也許早已心智失常的母親只好藉此安慰男孩，最後……那當然已不再是母愛。想到這裡，林德生打了個寒顫：困在完全的黑暗裡的這個姜齊軒，五十年來沒有光，沒有聲音，沒有外界的訊息；五十年來，他在黑暗中只有來自性的刺激，除此之外，什麼都沒有。林德生想到：那絕對不是什麼綁匪，那是楊世德的那個什麼鬼叔叔！他只是沒辦法用邏輯去聯想：那個病得要死要活的叔叔怎麼騙來這個同齡的筆友，又怎麼將他弄成殘廢……而這一切又是為了什麼？

醫院熄了燈，林德生獨自躺在病床上，病房裡滿是酒味和醬油味，窗外透進路燈的光和刺耳的蟲鳴。他張著眼，看著天花板上旋轉不停的電扇，他想到小時候看過一部科幻電影，裡面有個人只剩大腦泡在培養液裡，活得永生不死，他想到五十年前，年幼的姜齊軒被砍斷手腳，挖出五官的情景。林德生實在忍不住，強忍著剛服下的止痛藥帶來的虛弱，換好衣服離開病房，穿過蒼白的醫院走廊，避開在電視前瞌睡的值班護士，在醫院門口叫了計程車，往安養院開去。

夜晚的鄉間馬路一片漆黑，車燈只照亮路上的黃白線和幾個毫無意義的路牌，以及路旁施工路障的反光貼紙。林德生在安養院門口下了車，安養院大門緊閉，他從中庭繞進去，用一把萬用鑰匙簡單地開了姜齊軒母子的房間。他不敢開燈，用手機的微弱光線四處看了看，房間裡的陳設非常精簡——各種成藥，一罐滿是霉味的茶葉，老式的熱水瓶，電鍋廚具，毛巾和幾件老舊衣物，收音機，一箱厚棉被和一箱雜物，飯桌兼書桌的抽屜裡亂七八糟，顯然許久沒開過了，林德生打開一個小盒子，裡面擺了些銀行存摺和印章之類的東西，更下面，是一疊書信。林德生深吸了一口氣，像是十分興奮地，他小心翼翼地拿起那疊書信，又四處搜尋好一陣子才離開。

林德生坐回自己停在安養院門口的轎車，開了車燈，迫不及待似的，他拿起那疊書信，堆在大腿上，隨手抽起了第一封信，只看了第一行字就愣住了。

破爛又發黃的信紙，沒有信封，寫了滿滿漂亮的手寫字：

軒，我夢見它的時候，又驚奇又害怕，那是不能形容的，那就像一輩子沒見過海的人第一次看到海，第一次知道自己腳下的大陸竟然是漂浮在海上；像第一次看到地球外面的宇宙，第一次知道自己正在這漆黑的太空中漂流。

我夢見它的夢，浩大的和細微的都在旋轉，沒有形狀的和有形狀的都在旋轉，都在發生，我夢到所有分支的河流，它們的源頭不是大海，不！它們的源頭是一個漆黑不見底的漩渦，巨大的漩渦，那是不能形容的，我覺得頭暈腦脹，可是一點也不想醒過來。

是楊世德的那個叔叔！

林德生寒毛直豎，他的恐懼感正在被這封信吞噬，一種更強烈的感覺漸漸占滿他全身。

軒，你真的那麼想夢見它嗎？噓！它會聽到我們的願望的。它在空氣裡，在灰塵裡，在風聲裡，在戰爭疾病饑荒裡，在幸福歡笑裡，在希望裡，在時間裡，在命運裡，它無所不在，它就是它們，它就是我們。你問我為什麼生病，我現在告訴你，那就是被它發現我夢見它的代價。這些事我當然不能跟我爸媽說，他們不會懂的，我看見他們的結局，一個突然病死一個摔死的，他們沒辦法逃走，那在它的夢裡已經出現了。

我或許可以逃走，我正在努力想辦法逃走，雖然它已經發現我在偷看它的夢了。我唯一煩惱的是，我希望你也一起來，那樣，我們可以永遠在一起。

你真的想看嗎？真的想看嗎？

林德生簡直不敢相信，他的手劇烈地顫抖。

我在你家後面的那間麵粉工廠等你。現在就來，我就在這裡等你。

啊！還有你，你也來吧！

深夜裡星光稀微，楊世德把進口轎車停在岡山老家的路邊，逕自下了車。

昨晚那通充滿雜訊聲的電話，說的就是今晚午夜，老家鐵皮屋。

深夜裡的月光明亮，通往後山的那條小路看來像長滿銀色鱗片的巨蛇，兩旁黑漆漆樹叢傳來震耳欲聾的蟲鳴。楊世德拿出一支手電筒，撥開橫在小路前的塑膠黃色封條，緩緩走上小山坡，他用手電筒四處照了照，鐵皮屋像是已過了一世紀似的，破裂風化成碎片。楊世德關掉手電筒，仔細從蟲鳴中想聽出些許細微的動靜，但這裡荒蕪得像深海。

他已不再相信自己的記憶了。童年模糊記憶中那些消失在這裡的孩子們，或許都是幻想；或許，那個記憶中的叔公——或叔叔——也同樣都只是幻想。

是啊！那些都是幻想，楊世德不是那些孩子失蹤的幫兇，家裡也沒有什麼傳說的鬼廟，兩個女兒的失蹤也只是些兇狠的黑道，是啊！這一切都只是如此……

楊世德點了一根菸，靜靜抽著，雖然他也不知道自己在期待什麼，但是仍然每五分鐘就看了三、四次手錶。一直等到了午夜十二點，他拿起手電筒，充滿期待似的四處走動張望，除了發現鐵皮屋中央那個深坑竟積滿了泥水外，沒有任何異狀。他忽然很想打電話給誰，單純只是想聽到些蟲鳴之外的聲音，這才想起手機被留在車上。

楊世德回車上拿了手機，又有點猶豫該不該直接離開。他拿起電話撥給自己的瘸腿祕書，一邊交代了些無關緊要的問題，一邊又走回後山那條小路，那祕書的聲音充滿睡意，楊世德沒講幾句就掛斷了，這一掛斷，楊世德就清楚聽到自己身後的腳步聲。

他不知道該怎麼反應，只是直直地沿著小山路往上走，後面傳來的腳步聲緩慢又清晰，這時候楊世德才注意到：童年那些事是再真實不過的。

他走在前，腳步聲跟在後，就像小時候那樣。

楊世德還沒感到害怕，他只是覺得有點想哭。

走上了後山，鐵皮屋的殘骸就在眼前，楊世德停下了腳步，身後的腳步聲也停住了。

楊世德感覺後頸有別人的呼吸，他像僵住一樣無法動彈，手心也開始冒汗。過了不知多久，身後的腳步聲又開始移動，緩緩地到了楊世德左手邊。

『楊世德。』

楊世德一聽到這個聲音，全身都忍不住發抖。那是一個年輕男人的聲音，很熟悉的一個聲音。

『你記得我吧？』那聲音就在耳邊，平靜又激動。

一個鬼魅般的黑影隨著腳步聲移到楊世德面前，楊世德在月光下仔細辨認那個人影，忽然胸中一陣鬱悶，像是喘不過氣來。

是杜書賢！他的高中同學杜書賢！

楊世德張大了嘴，卻一句話也說不出來。

杜書賢完全沒變！一樣結實修長的身材，穿著一件像是內衣的白色背心，一樣稚嫩的臉，一樣的眼睛，可是卻是詭異得令人凍結的表情。杜書賢完全沒變！他仍然是十七歲那時的樣子，楊世德帶著他來到這裡的那一晚的樣子。他完全沒變。

杜書賢停在楊世德面前好一會，才退了一步，伸手到褲子口袋裡拿出一包菸，點上吸了兩口，然後轉身在鐵皮屋深坑周圍漫步半圈，又回過頭看著楊世德。

『你記得這裡發生過什麼事？』杜書賢那少年般的聲音，卻出奇的深沉。

楊世德腦中一片混亂，他有千言萬語想說，可是全揪在一起，一時啞口無言。他用盡全力想擠出幾句話，可是他感覺整張臉都發麻，到最後，他只說了句：『我女兒，是你？』

深藍色的樹影下，兩個人沉默一陣。

『嗯！』杜書賢淡淡地，『她死了！』

楊世德再也忍不住，眼淚流了下來。他並不是覺得悲痛，而是覺得一種難以抑制的激動。他的女兒，曾經那麼寵愛的女兒，在這個人的手下被肢解；而這個人，和其他所有消失在這鐵皮屋前的童年玩伴一樣，都是自己恐怖回憶中的犧牲者。楊世德覺得懊悔，氣憤，痛苦，羞恥，恐懼，他想大叫出聲，可是身體像死去了一般。

『為什麼？』楊世德哽咽地。

杜書賢看著楊世德，臉上表情陰沉到極點，他像是在回想些什麼，屈身蹲在深坑旁，抽了一口菸，悠悠地說：『她運氣很好，她會死。』

『珊珊呢？』楊世德抽咽地，『我小女兒？』

『你想不想知道，』杜書賢口氣平淡，『我這些年怎麼過的？』

『你殺了……我……我女兒。』　『二十幾年了，』杜書賢抬起頭，看著夜空，『其實我對時間早沒印象了，感覺像幾百年。』他看著楊世德，指了指鐵皮屋，『高中畢業那年，你帶我來這裡，那時候你就知道我會死，對不對？』他看著楊世德的眼睛，那眼神比楊世德還悲傷，讓楊世德打了個寒顫。杜書賢深吸一口氣，『你果然知道……』

等一下！楊世德這才聽出來，杜書賢剛才說『她運氣很好，她會死』是什麼意思？

『那個……』杜書賢緩緩地說，『你那個叔公，你應該知道它是什麼吧？』

『我不知道！』楊世德顫抖著，『你知道他？他是人是鬼？他現在還活著？』

『它不是人也不是鬼，』杜書賢把菸蒂丟進深坑的泥水裡，『它是更糟糕的東西。』

杜書賢站起身來，走向楊世德，楊世德看到他眼神有異，不由得退了幾步。忽然，杜書賢快步衝過來，楊世德轉身往後跑，他聽到身後的腳步聲如影隨形，才想起從高中時就從來跑不贏杜書賢。他拚命往山下逃，一路跌跌撞撞，好不容易跑到轎車旁，打開車門，坐進去，用力把車門關上，然後看到杜書賢坐在側座。

楊世德和杜書賢只對看了一眼，杜書賢立刻撲了上來，把楊世德壓在駕駛座；楊世德用盡全力掙脫，杜書賢的手竟像石像一般文風不動。

杜書賢一手按住楊世德，一手從褲子口袋掏出一把老虎鉗，他看著全身縮成一團的楊世德，楊世德驚嚇得發抖的臉和他平靜如水的表情對望著。接著，杜書賢一句話都沒說，抓起楊世德的左手，把他一截小指剪斷。

楊世德痛得尖叫，身體像油鍋裡的泥鰍般翻滾，血噴在杜書賢衣服褲子上。

杜書賢靜靜看著他，那張臉仍是二十多年前的一張稚氣的臉。

杜書賢又抓起楊世德少了小指的手，楊世德大哭大叫地求饒，但怎樣也無法將手從杜書賢那裡抽走。杜書賢拿起老虎鉗對準楊世德的無名指，這一次，他剪得非常慢，楊世德尖叫不停，眼淚口水鼻涕都流出來。杜書賢一根一根剪，把楊世德一手的手指剪完，只剩手掌，然後開始剪楊世德的耳朵，楊世德幾乎是痛得不省人事，血不停冒出來，杜書賢把他的兩隻破碎的耳朵放在他手掌上，他無法握住，那兩枚肉片隨即掉到駕駛座下方。

杜書賢把滿是鮮血的老虎鉗收回自己褲子口袋，然後打開車門，消失在深夜的樹叢裡。

楊世德幾乎是摔倒在車外，他哭聲嘶啞，在地上爬著，拖出一道血跡。

差不多同樣的時間，林德生開車來到姜齊軒新營的老家。

那裡現在都蓋了新房子了，寬敞的巷子傳來狗吠聲。

林德生忍著腰間火燒般的疼痛，一步步走向小社區後的矮山坡。光禿禿沒幾叢雜草的山坡沒有路燈，堆放著一些老舊家具和垃圾，遠處仍聽到迴盪不停的狗吠聲。他吃力地走著，沒一會就看到一個廢棄的老舊工廠，屋頂都塌了，只剩下破破爛爛的牆壁。

林德生喘著氣，走進早就沒有門的廢工廠。銀色的月光穿過殘餘的屋梁及幾條鋼筋，照亮了地上的積水。他四處看了一眼，就馬上明白了：從頭到尾，姜齊軒失蹤的那段時間，都是在這裡度過的，在離家只有幾步的距離。

寂靜的深夜裡，廢工廠的一角忽然傳出一聲開門聲，破碎不堪的窗戶嘎嘎作響。

林德生嚇了一大跳，他壓低呼吸，往聲音的來處看過去，月光下，他看到工廠的那個角落竟然站著一個人影。林德生的心臟都要跳出來，頭皮一陣發麻。

林德生想走上前看清楚那個人影，可是他實在害怕得無法動彈；這時候，那人影以極快速的腳步向林德生走來，它經過地上的積水，卻沒濺起一點水花或漣漪，一轉眼就站在林德生面前，完全無聲無息，連一點風都沒有。

林德生嚇得往後跌了一跤，摔坐在地上。他正想轉身往外跑，就感覺到一雙手圍著自己的脖子，他驚叫出聲，這才發現自己被那個人影緊緊地抱住，雙手環著他的脖子，雙腳勾著他的腰，身體靠著他的身體，臉倚在他的肩上，像是小孩子抱著母親那樣。

『你想夢見它嗎？』它悄聲在林德生耳邊說，聲音像是個男孩。

林德生像是被催眠般地，開始覺得全身都失去力氣，開始產生一種漂浮感。

他用盡力氣，才發出一絲虛弱的聲音：『你是誰？』

那人影沒有回應。林德生愈是害怕，手腳就愈是沒力氣。他感覺到緊抱著自己的那人影不停地在自己的脖子和耳邊聞聞嗅嗅。

它伸手從林德生的褲子裡拿出手機，過沒幾秒，手機竟然響了。

它接起手機，手機的另一端傳來隱約的說話聲，它沒對著手機說話，只是輕聲笑了幾聲，然後就掛斷電話，將手機再塞回林德生口袋裡，臉又貼到他耳邊，『你聞起來好香！』說完，人影跳開林德生的身體，往後退了幾步，消失在廢工廠的陰影裡。

林德生像是重獲自由般的，忽然覺得全身的力氣都恢復了，他頭也不回地往工廠外狂奔，一路跑回自己車上。他打開車門，坐進駕駛座，發動車子，正準備離開時，看到自己襯衫上滿是血跡。他嚇了一大跳，伸手摸了摸後腰的傷口，血卻不是從那兒來的，他拉過後照鏡，看到鏡中的自己滿臉是血；眼睛，鼻孔，嘴巴，耳朵，不斷冒出血來。林德生嚇得發抖，覺得有一股想哭的衝動，不過他只是匆忙倒了車，往高雄市區的方向開去。

在停第一個紅綠燈的時候，林德生才忽然想到，伸手掏出手機，查看了已接來電。最近一筆通話紀錄上，顯示的是昨晚那個王太太的號碼。

六、因果

一大清早，林德生就接到張醫師的電話。

經過了前一天的折磨，林德生躺在高雄醫院的急診病床上，心情差到極點，電話裡張醫師的聲音卻高興到極點。

『你知道天地教吧？』張醫師說，『他們三個長老今天來了兩個，說要去看看那棟鐵皮屋……喂！你知道嗎？』張醫師壓低聲音，『其中一個長老可是行政院長的老師耶！』

『我現在人在醫院，』林德生冷冷地說，『我請屋主帶你們去看吧！』

話雖然這麼說，林德生掛斷電話後躺在床上輾轉反側，整個腦袋想的都是這件事。想到昨晚在廢工廠裡的那個人影，『你想夢見它嗎？』像從深不見底的洞穴另一頭傳來的聲音，像是小孩子的聲音，純真無邪的聲音。

昨晚他帶著滿臉血跡衝進醫院掛急診，做了毒物檢測和頭部斷層掃描，但什麼都沒診斷出來。他躺在病床上一直無法入睡，除了頭昏想吐之外，後腰的刀傷也在止痛藥消除後痛得厲害。

他躺在床上，感覺自己的心跳一直無法平復，他以為那是恐懼，就這樣一直睜著眼到天亮。

林德生打了楊世德的手機，但沒人接聽，於是下定決心爬下床，打電話給張醫師，說改變主意要帶那兩個什麼長老去岡山鐵皮屋那裡，請他們來醫院接人。掛斷電話，他邊走向廁所邊覺得全身痠痛難忍，看著洗手台前的鏡子的時候，他幾乎認不出鏡中的自己。

林德生只是草草洗了臉，坐回床邊，點了一根菸，然後靜靜看著自己的手機。

他很想打電話給那個王太太，但是又不知道該跟她說什麼，更奇怪的是，他忽然想起昨天在屏東療養院裡看到的那個女人的身影，他忍著莫名的顫抖。

那女人是小紅！

多年前『那個』王太太的助理小紅。

這樣一個什麼都不對勁的早晨，帶著這樣的外傷和疲乏，但林德生在想起那個消失在療養院樓梯間的小紅的身影的時候，沒來由地感到性慾高漲。那些曾經一起共事的記憶忽然變得不清不楚，緩緩漂浮在腦海裡的盡是她的身體，懷念又陌生的充滿幻覺香氣的身體。林德生無法停止想立刻找到她的衝動，即使他隱隱約約感覺到這個奇異的巧合中必定帶有陷阱，命運的陷阱：命運將他身邊的荒誕一個個變成真實之後，又把另一個原本的真實變成了荒誕。

正當林德生沉浸在對小紅那不真實的性魅力的幻想時，急診室牆上的電視新聞開始報導楊世德的消息。林德生湊過身，走向電視機前，一個年輕的胖醫師向他走來，大聲要他熄掉香菸，林德生恍惚地把香菸遞到胖醫師手上，然後直盯著電視螢幕。

新聞拍到楊世德老家的鐵皮屋，昨天挖到的人骨已被清走，現場一片凌亂，鏡頭特寫了幾處留著血跡的草叢。報導只輕描淡寫說市議員楊世德的老家發現大量人骨，楊世德當晚在現場遭受暴徒攻擊，目前人在長庚醫院。

林德生趕快回床位收拾錢包雜物，手續也沒辦就衝出醫院。

林德生衝到長庚醫院，好不容易說服院方警衛讓他到楊世德的病房，他敲了好幾聲門，才聽到病房內有緩慢的腳步聲，門打開，卻是一個陌生的女人，看得出年紀不輕，不過仍面容清秀，有點乾燥的長髮盤在頭上。她看了林德生一眼，表情極冷淡。

這女人正是楊太太，幾個小時前還躺在病床上的楊世德太太。

『我姓林，我有急事要找楊議員。』林德生從沒見過楊世德太太，邊說邊往病房內打量。

女人很仔細地上下打量他。

楊太太看了一下林德生的眼睛，林德生也說不上來那眼神是鄙視同情安撫或是羡慕，總之不是看待自己同類的眼神。仗著那眼神，女人矮小的身體看起來像座高塔。

『等他傷好了再來！』她說完，隨即把門關上。

『拜託！』林德生趕緊敲門，『這很重要！楊議員！開門！』

林德生敲了好一會，病房內一點聲音都沒有，他還在猶豫該不該離開，忽然看到腳下的門縫透出兩條腿的影子，他知道剛才應門的那女人沒走開，仍站在門後。

『這樣吧！』林德生掏出一張名片，從門縫底下塞進去，『請妳轉告楊議員我來過，請他無論如何一定要跟我聯絡。』停了一會，林德生輕聲說：『我見到他叔叔了！』

『那，』門後傳來那女人輕如羽毛的聲音，『你也活不久了。』

空氣瞬間停住，林德生僵直站在病房門口，直到手機響起。

張醫師在電話那頭急得尖叫，林德生也沒道歉，只是請對方再趕到長庚醫院碰面。

掛了電話，林德生想要說些什麼，他看到門縫那雙腳的影子還在，他知道那女人還站在門後，但他腦中只剩空白，最後還是轉身離去。

快要到中午，灼熱的陽光讓林德生感到更虛弱。

張醫師匆匆趕到，他帶來的那兩個什麼長老，在林德生看來也不過是兩個瘦小的老人，長相難以分辨，只是一個鬍子比較灰一個鬍子比較白。那兩個老人一臉悶氣，什麼話都沒說，隨行還有兩個長得像鄉下地主的中年男人，算是老人的弟子。林德生開車領著他們五人到岡山楊世德老家，可是通往後山那條小路已被拉上封條了。

林德生還在猶豫要不要硬闖，那兩個老人已自顧自小聲談起來了。張醫師拿出面紙擦了擦汗，朝林德生走過來。

『上不去了嗎？』張醫師問。林德生沒回話，張醫師繼續說：『熱死人啦！不能看就走吧！不知道在那邊窮磨蹭什麼……這附近有地方上廁所嗎？』

兩個老人招了招手，張醫師快步跑到兩人面前，講了幾句話，又折回林德生旁邊。

『我們上去吧！』張醫師說，『長老說沒問題。』

林德生還沒答話，那兩個老人就自己揭了封條走上後山，兩個弟子跟在後面。張醫師拉了拉林德生手臂，林德生沒覺得生氣，只是有點不耐煩，他掏出一根菸，啣在嘴上跟著張醫師走去。

鐵皮屋已剩沒多少瓦片，只看到滿地碎片，中央的深坑積了泥水，泥水上飄著幾件小紙屑和菸蒂，跟昨天林德生看到的樣子，像是又過了好幾年。

『太晚了！』灰鬍子老人拚命搖頭。

『你怎麼沒早點說？』白鬍子老人帶著責怪的口氣問張醫師，『現在找我們來有什麼用？你看看這裡！』

白鬍子老人蹲下身撿起一塊瓦片，翻過來看了看，瓦片上還有紅字，他嘴裡念念有詞：『八陸……二迴堂……四迴堂……土水起雲相……末……非意……』沉默了一會，抬頭對站在一旁的灰鬍子老人：『我看不懂，道行很高，用卦恐怕也找不到。』

白鬍子老人轉頭四處看了看：『這個壇也破了，來不及了。』

灰鬍子老人：『「它」應該早料到我們會來了吧？時機居然算這麼準！』

兩個老人的交談聲清楚讓林德生聽到，林德生知道對方在賣弄玄虛想要他開口問，可是他就是不願開口。

過了好一會，兩個老人談話結束，看了看張醫師和林德生，然後又走下山，自己進去楊世德老家的透天厝，像推理電影一般仔細地四處搜查，幾個人都滿身大汗，露出一無所獲的表情，最後，白鬍子老人找到在樓上佛堂旁邊那間小屋，走進屋子裡沒幾步，又慌張地退出來，灰鬍子老人和另外那兩個弟子上前查看，幾個人一陣竊竊私語。

面對這一連串像是卡通一樣的情節，林德生仍是一臉無所謂的表情。

一行人走回馬路旁，沒一個人說話，林德生故意走向自己的車，『都看過了吧？那今天先這樣吧！我還有事。』

白鬍子老人忍不住叫住他，這才露出一點像是友善的表情，要林德生跟著他們找個地方聊聊。

『這件事也關係你的安危。』灰鬍子老人這麼對林德生說。

林德生一副為難的表情，領著這幾個神經兮兮的人到附近的餐廳，也就是林德生第一次和楊世德碰面的那間餐廳。張醫師匆忙地去廁所，林德生和那兩個老人坐下，喝了茶，點了幾道素菜。

『小老弟，』白鬍子老人壓低聲音說，『你惹到陰神啦！』

『什麼陰神？』

林德生這麼一問，那兩個老人立刻露出得意的臉色。

『簡單來說，』灰鬍子老人說，『就是比人高一等，比神低一等的小神，我們叫它「自由仙」。它們不像真正的神，它們還在修練，還有煩惱。』

雖然這樣的說法對林德生這幾天的經歷確實有說服力，但他仍忍不住覺得好笑。

『所以，』林德生說，『我遇到神仙了？』

灰鬍子老人沒察覺林德生口氣的異樣，繼續說：『遇到也不見得就是好事。以前我有個朋友也有遇過狐仙，差點害他送了命。』他嘆了口氣，『你想，人為什麼想修練成仙？』

『想長生不死吧！』林德生聳聳肩。

『也沒錯。長生不死是違反自然的，凡違反自然的能力就是法術，人想要超越自然，想要得到更高的能力，就會想修練成仙，變得有法術，可以超越自然定律。可是，一個人的能力愈強，遇到的劫難就愈大，對於那些修練到一半，已經有法術的人來說，它們遇到的劫難是比我們大得多的。對我們來說，頂多是生老病死，情劫欲劫衰劫；可是對那些擁有更高智慧，更高能力的人來說，它們有所謂的「天劫」。』

林德生一邊聽著，腦中一邊想起多年前『那個』王太太在解開他的腰帶時，曾一臉不屑地跟他說：『太有錢，太有才幹，太聰明，那都是會遭天譴的。』

他不願意再多想起任何有關『那個』王太太的事，於是就此打住。

灰鬍子老人繼續說著：『所謂的「天劫」，就是來自「因果」的劫數，想修練成仙的人都要逃避因果……』

『為什麼？』

『因為按照因果，萬物有生皆有滅，有長必有消，就像一定會被判死刑的法律，它們必須逃避這項法律。當然，這也沒那麼容易，因為它們還沒修練得道，它們還有欲望還有苦惱，比如說：它想要吃東西，就得要有東西讓它吃，被吃掉的東西不論是生是死，本身都帶有因果，它吃掉這個東西的同時，也會吃下因果，一旦它和因果扯上關係，就會被拉進因果的法律裡面……』

講到這裡，張醫師已經回來，幾道菜也陸續排上桌了，只是現場除了張醫師之外，沒什麼人動筷子。

『我講個例子吧！』白鬍子老人說，『你原本不在命運的計畫裡，不受命運的安排，日子可能還挺逍遙自在的，可是，有一天你想吃一隻雞，可是這隻雞卻在命運的計畫裡面，牠可能命中注定應該會生小雞，或是被其他人吃掉，你吃這隻雞的時候，就改變了這段命運。』

『重點是，』灰鬍子老人插嘴進來，『命運不會改變。所以你吃了這隻雞，就得承擔命運扭曲的後果。比如說：原本這隻雞會生很多小雞，於是你想辦法找來幾隻小雞放回山上，想騙過因果，但是你從哪裡拿來的小雞呢？你去別處偷了小雞，又會造成另一段命運的扭曲，這樣下去就像愈踩愈深，你就會被扯進因果當中。』

『我不懂！』林德生說，『被扯進因果裡又怎麼樣？既然最當初它們就能脫離因果，應該就能再脫離一次吧？』

『你說得沒錯！』灰鬍子老人說，『可是要脫離因果可沒那麼容易，就算擁有大智慧，也不可能馬上辦到，它們得不斷大事化小小事化無，以消弭先前欲望帶來的後果，可是當它們在做這些事的時候，它們其實是處在因果當中的，如果在脫離前就遇上劫數，那就來不及了。』

白鬍子老人接著：『所以說邪魔不可行！你看！這些自由仙費盡辛苦超脫輪迴，結果卻什麼也不能做，只能永遠躲在天涯海角，每天擔心會被「天劫」找上。』他拿出那疊林德生第一次拍的鐵皮屋照片，指著照片上的符咒文字：『這些術法已經超過我們能理解的範圍了，我們只知道那是比《易經》還高明的預測未來的計算法。這麼辛苦地夜以繼日的計算，為的就是要計算如何逃避因果。』

聽到這裡，林德生不斷想著楊世德的那個叔叔。

昨晚的那封信他還記得很清楚，那個叔叔寫著：

……這些事我當然不能跟我爸媽說，他們不會懂的，我看見他們的結局，一個突然病死一個摔死的，他們沒辦法逃走，那在它的夢裡已經出現了。

我或許可以逃走，我正在努力想辦法逃走，雖然它已經發現我在偷看它的夢了。

『怎麼樣？』張醫師湊過來，搭著林德生的肩膀，『長老懂很多吧？你還有什麼問題盡量問啊！機會難得喔！』

『我只想問，』林德生說到這裡，那兩個長老和另外兩個弟子都不約而同看向他，臉上都帶著故作嚴肅的得意。林德生繼續說：『我想問……你們為什麼特地跑下來？』

餐廳裡忽然一陣沉默。兩個長老互相看了一眼，另外兩個弟子也沒作聲。

『應該這麼說吧！』林德生打破沉默，『你們為什麼要找「它」？』

灰鬍子老人一臉沉重地看著林德生，過了好一會才開口：『那你又為什麼要找「它」？』

他看林德生愣了一下，又接著：『你調查這件事，不可能只是為了賺那點車馬費吧？你不斷地想找「它」出來，為的又是什麼？你想要什麼？』

是啊！這個問題林德生想過不下百次，但總沒有一個答案。

這次不是那些住在萬丈光芒裡的睥睨眾生的貴族，不是一國之君，不是財團之主；這是一個莫測高深的神，一個吃小孩的陰神，一個能讓它的信徒大富大貴至高無上的活生生的神。

『你們……』林德生從口袋裡拿出香菸，叼在嘴裡，『想要成仙對吧？』

那兩個長老，弟子們，還有張醫師，僵坐在餐桌前動也不動；林德生掏遍了全身的口袋，才找到打火機，把菸點上，深吸了一口。

林德生：『我就沒那麼崇高的目標，我只是像其他人一樣想撈點好處。』他緩緩吐了口煙，『我今年三十三了，早過了「富貴於我如浮雲」的年紀了。你知道吧！我查到現在，所有拜過這位大仙的傢伙都大富大貴了……』

『林先生，』灰鬍子長老終於開口說話，『把菸熄掉！』

林德生看著灰鬍子長老，心裡卻忽然想到幾句風涼話：『怎麼？得肺癌就成不了仙啦？』他忍不住浮出一抹笑意，但還是伸手把菸熄了。

灰鬍子長老看著林德生，似乎很滿意，接著說：『你找到那個自由仙，你帶我們見到它，我們給你兩億！』他端著袖子，像施法般故作莊重地伸出兩根手指，既像數字又像勝利，『新台幣兩億！』

林德生像是要開口說話，卻沒說話，這個時候，他忽然發現剛才熄掉的那支菸蒂上，沾著詭異的口紅印。

快到下午的時候，忽然下了一陣雷雨。

高速公路塞了一長串的車，林德生獨自坐在靜止不動的車裡，車內的冷氣仍然不管用，盡是吹出一陣陣帶著潮溼味道的悶熱空氣，雨刷轉動的聲音令人焦躁，車窗外一片模糊的雨花。

大雨中的車潮一動也不動，林德生覺得想小便，焦躁得坐立難安。他很想打電話給誰，但就是想不出該打給誰，這個時候，他忍不住又想起小紅。

延續了早上那股奇妙的衝動，當小紅的影子再度以裸露的小腿肚出現在林德生腦海的時候，當它再度以細白的肩頸出現在他的腦海的時候，林德生似乎感到一陣幸福感，那感覺的重量剛好介於真實和不真實之間，就好像，他和她曾經深深愛過一樣。

電話聲突然響起，打斷了林德生的性幻想和尿意。林德生原本還期待著，但來電顯示卻是小羅的號碼。

『喂？』林德生接起電話。

『我告訴你，你被盯上了！』小羅劈頭就急匆匆地講了一堆，『你叫我找的那個什麼醫師娘，搞半天是有背景的，媽的害我被上面關照了……』

『什麼背景？你說那個王太太嗎？』

『還會有誰？我查到一半就接到上面的電話，媽的你真會挑對象……幹！反正朋友一場，你真的那麼想要的話就再加五萬。』停了一會，小羅聲音又壓低了些，『媽的說不定會出事，加八萬啦！』

『加八萬？你是查到什麼鬼啦？』

『媽的這事說來邪門……你要找的那女的已經死啦！她有死亡證明，可是身分證竟然還沒註銷，做了八年的幽靈人口。她名下的產權不少，你猜怎樣？她的房子幾乎都拿來當作招待所。幹！高雄有那麼多達官貴人要招待才有鬼！我看那些地方不是在洗錢就是在賣貨……』

『確定沒搞錯人？資料上有她的照片嗎？』

『一定是頂替身分啦！』小羅口氣愈來愈急躁，『聽好，現在我們兩個都被盯了，我東西沒辦法直接拿給你，晚點我拿給綠帽子……先這樣！你趕快把錢弄好！』

掛斷電話，林德生心裡一陣說不出的不安，而高速公路的車潮仍是動也沒動。

等林德生回到長庚醫院的時候，已經是下午兩點多了。

大雨剛停，雲層散去，太陽照得空氣潮溼又悶熱；醫院內的空調卻冷得要命，儘管如此，還是壓不住那股消毒藥水味。

林德生坐在醫護室前走廊的塑膠椅上，累得眼睛都要睜不開，可是醫院的冷氣，味道，狹小傾斜的座椅，鄰座大聲講著手機的婦人，走廊角落那兩個調笑不停的禿頭醫生和實習護士，失了魂似地來回踱步的枯瘦老人……讓他連打個盹都沒辦法。

昨天晚上，他開著車在路燈稀疏的半夜裡狂衝，臉上不斷冒出來的血滴到他的襯衫，模糊他的視線；他在荒涼如異星的鄉間道路迷失，車窗外盡是重複不停的柵欄，路燈，難以辨認的路標，棄置的貨櫃屋，亮著不祥的紅光的小土地廟。他是那麼地想在那個深不見底的黑夜裡看到一個人，一台車，一間亮著燈的便利商店，可是整段彷如噩夢的長路上只有黑色液體般的深夜。他終於鑽進市區街道，衝進急診室，以為回到亮白如晝的現實，可是僅存的意識看到的是穿白袍的醫生和護士慢動作地向他走來，臉上似乎還掛著微笑，而四周的病床上躺著半死半活的病患和他們談笑自若的家屬。各種令人作噁的氣味向林德生撲來，他覺得頭就要爆炸了，就在這個時候，從他眼睛鼻孔嘴巴耳朵流出的血停止了。他躺在病床上，一邊接受醫生檢查頭部外傷和抽血，一邊感到自己的感官變得靈敏又奇妙。他覺得自己在蒼白色的燈光下沉沉入睡，同時又覺得異常清醒。

昨晚的靈異氣氛早已消散，現實在白晝裡還是一如往常的清醒。

林德生半闔著眼坐了好一會，聽到一陣敲門聲，他抬起頭，看到不遠處楊世德病房的門前站著一個陌生女人，衣服和頭髮憔悴得可憐。這個女人是阿雪，楊世德的情婦。

病房的門緩緩開啟，楊太太從門縫裡探出半張臉，她看到阿雪，表情和阿雪同樣驚訝。

兩個女人僵站了片刻，楊太太才恢復平靜的表情。

『他真的需要休息，等他傷好了再來吧！』楊太太說完，隨即關上門。

阿雪在門前哭了好一會，最後無奈地轉身，從林德生面前走過，搭了電梯離開。

林德生覺得有種說不出的怪異，他呆坐在那裡好一會，接著，病房的門又緩緩開啟，楊太太似乎在察看阿雪是否已經離去。林德生趕緊站起來，縮進走廊轉角的樓梯前，不一會，楊太太無聲無息地從病房內走出來，一陣輕飄飄的腳步聲穿過蒼白的走廊，像一縷煙飄過這片眾生苦樂的嘈雜，就這樣消失在走廊的另一頭，除了林德生，似乎沒人發覺她的存在。

林德生沒時間多想，楊太太剛離開，他就馬上走到楊世德病房，悄聲開了門進去。

林德生關上門，站在門前，環顧四周。

白色棉布窗帘透出朦朧柔和的天光，窗邊和門邊堆滿各色鮮花，大大小小的香精蠟燭盛在染色的玻璃器皿裡，病床上鋪著米白色的緹花蠶絲床單，楊世德無聲無息地躺在病床上，只露出頭和肩膀，幾條點滴管和脈搏計延伸進藏在被單裡的身體。

要不是脈搏計的聲音規律地響著，林德生還真會以為走進了誰的告別式。

『楊先生！』林德生輕叫一聲，緩緩朝楊世德的病床走去。

楊世德頭上纏著繃帶，臉色慘灰，似乎對林德生的聲音有反應，眉頭皺起。『楊先生，我是林德生。』林德生走到病床旁邊，彎下腰對著楊世德的臉，『我見到「它」了！我見到你叔叔了！』

楊世德緩緩張開眼睛，卻沒看著林德生，喃喃地說：『杜書賢？』

『誰？』林德生問。

『找到他了嗎？在哪裡？』

『我找到你叔叔了！在燕巢的一個廢工廠。』

『我叔叔？』楊世德眼睛又閉上，『它不是我叔叔，它不是人類……』

『它看起來像個小孩子。』

『誰？』

『你叔叔，它看起來還像個小孩子。』

『小時候，我見過它……』楊世德像在夢遊一樣的聲音，『它看起來像是跟我差不多年紀，我們還在一起玩……』

林德生睜大了眼，他怎麼也沒想到楊世德會忽然插這麼一句話。

楊世德半瞇著眼，接著說：『它說不能讓爺爺奶奶知道，我問它為什麼要住在鐵皮屋裡，它說它不住在那裡，它說它只是在那裡等我去找它玩，我問它要玩什麼，它問我在學校有沒有討厭的同學，我說有，隔壁班的陳國彰一直欺負我，還摔我的書包，結果它說要我帶陳國彰去找它……』講到這裡，楊世德聲音愈來愈細，像是要睡著。

『然後呢？』

楊世德眼睛忽然張開。

『然後它就把陳國彰吃了！』

楊世德右手從被單裡伸出來，那是隻完好的手，手臂上連著點滴管，像是要緊抓林德生，林德生微微向後退了一步；楊世德又從被單裡伸出左手，手掌包滿紗布，在半空中抖個不停。林德生進入這間病房之前，沒想到楊世德傷得這麼重，他以為可以像之前那樣找楊世德商量；沒想到現在，楊世德幾乎精神崩潰，而所說的話更是讓林德生做夢也想不到。

楊世德比手劃腳，聲音嘶啞地說：『它把陳國彰吃掉了！它先從腳開始吃，到處都是陳國彰的血，可是他一點也不痛，還笑個不停，兩隻腳兩隻手都被吃掉了，還笑個不停，最後他只剩一顆頭，他看著我，笑著對我說：「楊世德，這裡真的好好玩。」然後他連頭也被吃掉了，什麼都消失了。』

林德生邊聽著邊覺得全身發冷。

雖然他努力不去相信楊世德此刻恍惚中的夢話，但楊世德的口氣和表情活像回到童年，邊看著鐵皮屋前的景象邊描述給林德生聽一樣。

『我嚇死了，連跑都不敢跑，』楊世德伸手遮住眼睛，『我什麼都不敢說，大人也沒問，第二天去學校，好像大家都不記得陳國彰，怎麼可能？昨天他還在啊！可是我沒有跟別人說，我也不敢跟爺爺奶奶說。過幾天，我聽到有人在後山那頭叫我，我就上去了，結果我看到它和陳國彰在那邊玩，原來陳國彰沒有死啊！結果我也跑過去跟它們一起玩，後來陳國彰問我學校的事，又要我找蕭勝武來玩，隔天下午我找蕭勝武一起去玩，結果蕭勝武也被吃了。』楊世德不停揮舞著手臂，『還有蔣杏美，還有朱永貴……他們一邊笑一邊被吃掉了，沒有人記得他們，只有我，我一放學就會跑去後山，他們都會在那裡，然後我們都在一起玩……沒有人記得他們，他們都是我一個人的！我的朋友愈來愈多，我們每天都在一起玩，爺爺奶奶都不知道……』

『然後呢？』林德生的聲音微微顫抖。

『然後……然後……』楊世德閉上眼，努力回想似地，『啊！然後我突然生病了！爺爺奶奶很著急，他們問我有沒有偷偷跑去後山玩，我說：「沒有！當然沒有！」可是我病得很重，沒辦法下床，到了晚上，我聽到後山那裡它們在玩的聲音，我也想去找它們，可是我下不了床，奶奶急了，她跑去後山找它們，跟它們談判，她說：「不行！世德是我們楊家唯一的孫子，你等他長大了生兒子再說吧！」後來我的病就好了，我跑去後山，可是它們已經不在了，我大叫「陳國彰！」「蕭勝武！」「豬頭貴！」沒有人回應，我每天都去，可是它們都不在了，我晚上一直哭，還對奶奶發脾氣，我一個朋友都沒有了，在學校都沒有人理我，他們都叫我「羊屎德」，說我沒有媽媽，說我爸爸是殺人犯，我爸爸才不是殺人犯，是政府誣賴他的。我升國中的時候更慘，老師說我爸是台獨，動不動就打我，我明明考得比別人好，還是一樣被打，然後同學也欺負我，我騎腳踏車回家的時候，他們會過來把我撞倒，還會拿發霉的便當倒在我抽屜裡，後來我的成績愈來愈差，後來只考上一間很爛的高中。可是上了高中我就交到朋友了，我跟杜書賢很好，他打球很厲害，我們下課都會一起去福利社，他是我最好的朋友……』

說到這裡，楊世德忽然哭了出來。

『阿賢……』楊世德愈哭愈虛弱，像是又要睡著。

『阿賢怎麼了？』林德生趕緊輕拍他，『他後來怎麼了？』

『後來他跟學姊交往了，我很生氣，我恨不得他死……』楊世德聲音愈來愈細，忽然，他坐起身來，聲音變得高亢，『我帶他去後山，我希望他死，後來他就不見了，我以為像以前一樣，第二天又會見到他，可是沒有，他再也沒出現了。然後我哭了，我發現我生氣才不是為了學姊，是因為他，誰教他跟學姊在一起就不理我了，以前放學都是我和他一起回家的，可是後來他都要跟學姊一起，然後我就得一個人回家，又變成只有我一個人回家，我一直哭，我以為他會永遠待在後山那裡，學姊會忘了他，只有我記得他，他是我一個人的，可是沒有，他消失了，再也看不到他了……』『阿賢也被你叔叔吃掉了？』

楊世德轉過頭看著林德生，那雙凹陷的眼睛像極了不能瞑目的死屍的眼睛。

『他沒死！』楊世德說，『他還活著，我昨天見到他了，他還跟以前一樣，他一點都沒變……他……』楊世德停了好一會，『他殺了我女兒！』

『他殺了你女兒？』

『對！他很恨我，因為我害他被吃掉了，所以他殺了我女兒，然後，他現在要來殺我！』

楊世德頭上手上的紗布開始滲出血來。

『你！』楊世德拉著林德生的手，『你快把杜書賢找出來！否則我就要死了！』楊世德發狂似地在病床上扭動掙扎，『把他找出來！把他找來！』從紗布裡滲出的血沾在米白色的被單上。

林德生慌了，他轉身想求助醫護人員，這一轉身，卻看到楊太太站在他身後，病房內朦朧的光線讓她的臉看起來白得沒有血色，像是幾乎要透明了一般。

林德生嚇得往後退了一步，他身後的楊世德大喊大鬧，而面前的楊太太像靜止的照片一樣沉默，直盯著林德生的眼睛，表情恬淡又銳利。

『呃……我早上來過，』林德生結結巴巴地，『楊先生之前託我幫他調查一些事，很重要的事，所以我過來跟他報告，我不是故意打擾他……』

楊太太一動也不動地聽完林德生的解釋，然後緩慢地轉身，走到病房門口。

『這裡的事，』楊太太的手指著門外，語氣靜如湖水，『一個字都別說出去。』

林德生逃也似地衝出門外。

他原本想回頭，但耳後聽到楊世德嘶喊般的哭聲，隨著病房的門一起關閉。

醫院自動門一開啟，一陣窒悶的熱空氣就吹向林德生的臉。

水泥路面還殘餘幾攤積水，被陽光曬得像發亮的鏡子。

林德生努力想在腦中整理剛才楊世德的一番話，可是他實在太累了。他耐著烈毒的太陽和悶熱的空氣，一步一步往停車場走去，他滿腦子只想躺在車子裡睡一會，可是好不容易走到了自己的車旁，卻想起車上的冷氣壞了。他呆站在車門前，猶豫著該開車回家還是回醫院找張椅子，這個時候，他聽到窸窸窣窣的啜泣聲。

林德生回過頭，對面停車位的角落蹲著一個女人，一手拿著沒點燃的香菸，另一手拿著面紙擦鼻水。林德生一眼就認出來了，那是剛才在楊世德病房給趕出來的憔悴女人，那是阿雪。

阿雪幾乎是在看到林德生的那一瞬間，眼淚馬上就停了。

她低著頭慢慢站起來，同時用剛才擦過鼻水的面紙擦了擦眼淚，然後一臉若無其事地看著林德生。

『你有打火機嗎？』阿雪的表情平淡，但聲音仍帶著些許哽咽。

林德生伸手在口袋裡拿出打火機，走過去遞給她。

『謝謝。』阿雪接過打火機，低下頭點燃香菸。儘管她此刻面目憔悴頭髮乾枯，但舉手投足仍是一副美麗女人的模樣。

『我剛才在楊先生的病房前看到妳，』林德生說，『妳是楊先生的朋友？』

『如果是那個女人要你來的，』阿雪深吸了口菸，菸草瞬間燃燒了一大截，『那你不必白費力氣了，一切都太晚了。』她吐出連綿不絕的白色煙霧，幾乎遮住了她的臉。

『不是，我是楊先生的朋友，』林德生說，『我剛才也被趕了出來，不過我有見到他，他傷得挺重的……』

阿雪沒接話，一連抽了幾口菸，她的周圍似乎都被煙霧包圍。林德生愈看愈覺得不對勁，可是一時不知該怎麼反應，任憑白色的煙霧不斷地擴散。阿雪伸出手，把打火機遞還給林德生，然後轉身要離開。

『他就要死了，』她說，『那女人竟然連最後一面都不讓我見。』

阿雪往林德生的反方向離開，籠罩在她身旁的雲般的煙霧漸漸散去，只剩下平凡又邋遢的背影。林德生忍不住跟了上去，他滿是疑問，可是疲乏的腦袋卻沒辦法把這些疑問組織成話語。他停下腳步，看著阿雪踩著平底拖鞋，卻像穿著高跟鞋那樣搖曳，轉身消失在悶熱的停車場。

林德生做了一個漫長的夢。

夢裡一樣是悶熱的天氣，他躺在床上流著汗，床頭的窗外是明亮如畫的美麗天空，各式各樣的人飄浮著，緩緩往高處飛去，男女老少，全都一臉安詳。林德生想起床，可是卻躺在那裡動彈不得；他愈來愈著急，飄上天空的人也愈來愈多，像一片片壯觀的候鳥遮蓋藍天。

他從床上驚醒，發現已經天黑了，窗外一個人也沒有，整片街道沒有半點燈火。他慌亂地在無人城市裡奔跑，忍受著心裡的恐懼和身體的疲倦，他跑遍了一條街又一條街，始終沒看到半個人影。最後，他看到遠處有一處星火般的燈光，他用盡剩餘的力氣跑過去，那裡是個狹小不起眼的巷子，巷子裡透出橘紅色的光，穿過與巷子交叉的黑色街道。林德生呆站了很久很久，害怕那裡仍是什麼都沒有。他一步一步地走近巷子，看到一座公廁大小的小教堂，老舊如鬼屋，門口上方的鮮紅色大十字架照亮整條小巷。

這時候林德生終於知道：世界上所有人都去了天堂，只有他一個人留在這個無止境的廢墟，而太陽再也不會升起，這片荒無和寂靜就是他一個人的世界末日。

林德生精疲力竭般地從夢中醒來。

西下的陽光直接透過車窗，照得他兩眼發疼，眼淚在眼眶裡打轉。

他想起自己還在長庚醫院的停車場，還在自己壞掉了冷氣的老舊ＢＭＷ轎車裡。他坐起身來，看了看錶，夢中那無底的黑色的時間，在現實中卻只過了二十幾分鐘；他看了看手機，只有一通小羅的未接來電。林德生又躺回駕駛座，深呼了一口氣，金黃色的燦爛的陽光讓他恢復平靜，但疲倦感卻一點也沒有減退。這時候，他想起剛才跟他借打火機的那女人，對！就是阿雪。他想找她談談，卻不知道要找她談些什麼。這股衝動占據了他的腦袋，就像稍早他滿腦子想著小紅一樣。

林德生已經猜到七、八成了。

阿雪是個美麗的女人，最起碼曾經是個美麗的女人，像她這樣的女人就算走下樓買個早餐也會打扮；而在楊世德病房前那個邋遢憔悴的模樣，純粹只是為了降低另一個女人的敵意。沒錯！也就是說，病房裡的那個女人是楊世德的老婆，而阿雪是她早已知道的第三者。

只是林德生不斷地想著：為什麼這兩個女人都一副好像楊世德馬上就要死的樣子？

林德生拿出偽造的警員服務證，跑去警衛室要求調出下午的監視錄影帶。不停講著手機的警衛沒怎麼搭理他，林德生只好自己從警衛室的老舊電腦裡亂找，他好不容易找到阿雪開車離去的畫面，抄下她的車牌，打電話要小羅去查，可是連打了兩通電話小羅都沒接。

林德生只花了半小時，透過其他的人脈問到阿雪的住址，可是他卻花了兩個多小時才找到那裡。天色已經暗了下來，下班下課的來往車潮擠滿街道，商店招牌亮起，小吃店飄著油炸排骨和胡椒的香味，混著公車排出的煙味。

阿雪住的老舊大樓大部分是空屋，傍晚過後也只有兩、三戶人家的窗戶是亮著的，大樓一樓被設計為店面，可是沒一間在營業，狹長的玄關大廳沒半個人影，空盪盪的警衛室只有收音機響著。

林德生在按下電梯的那一刻，才懷疑自己為什麼要費這麼大工夫來到這裡。他邊想著該怎麼跟阿雪開口，邊走進電梯，等他走到阿雪門前的時候，腦中仍是一片空白。

林德生猶豫很久才按下電鈴，可是他等了更久，沒人回應。

從同一樓層的某間住戶傳出炒菜的聲音，和尖銳的電視新聞的聲音。

他沒按第二聲門鈴，也沒確定阿雪在不在家，也不知道哪來的一股急躁，索性就自己用萬用鑰匙開了門，輕悄悄走進門去。

房子裡一片漆黑，看起來連窗帘都拉上了，靜得連窗外街道上的車聲都透不進來。客廳裡滿是菸味，另一頭的小臥房裡透出昏黃的燈光，林德生往燈光處走去，卻看到阿雪裸身俯躺在床上，床單上的卡通圖案和阿雪性感的睡姿及圓潤豐腴的裸體極不搭調。

林德生想立刻轉身衝出去，可是他的腳向前移動了幾步，走到阿雪臀部的位置。床頭那盞夜燈上的雕花的影子映在她身上，剛好覆蓋住若隱若現的一小部分私處。林德生尷尬地瞥過視線，走到阿雪的面前，低頭看了一眼，卻突然嚇得往後退。

阿雪的眼睛睜得滾圓，直盯著林德生。

林德生張大嘴，想說句解釋的話，可是他還沒發出一點聲音，就發現更恐怖的事……

阿雪死了。

林德生的視線穿過她睜大的雙眼和猙獰的表情，看到臥房另一頭的角落，昏暗光線的陰影裡，筆直站了一個小孩子的人影。林德生像是瞬間掉入冰窖，他仔細看著那個人影，那像是個小女孩，一動也不動地站著。

『妳是誰？』林德生聲音微微發抖。

那女孩忽然大聲尖叫，整間臥房像被無數金屬刮過，林德生摀著耳朵，痛如針刺。

小女孩一口氣叫了近一分鐘，然後戛然停止，接著，像沒了骨頭似地癱倒在地上。

林德生花了好一段時間鼓起勇氣，走上前察看。昏暗的陰影裡，小女孩漆黑的頭髮遮住半邊臉，除了微弱的呼吸之外，怎麼看都像是沒有生命的物體。林德生靠得更近一些，才認出這個女孩。

她是楊世德五天前失蹤的小女兒。

新聞很快就播出母女團圓的畫面：小女孩的母親化了妝，穿了一件漂亮的白色范倫鐵諾套裝，配上一條銀褐色的迪奧絲巾，優雅地從長庚醫院的大廳走了出來，帶著年輕甜美的微笑擁抱女兒。蜂群般傾巢而出的記者包圍了整間醫院，但沒有一個人拍到楊太太喜極而泣的眼淚，也沒有拍到情緒失控的舉止或神情。

有關阿雪的報導則簡單帶過：情婦苦等不到男人離婚，於是綁架了男人的女兒，最後被內疚和情傷折磨走上絕路。

整件事看似合情合理，除了阿雪謎般的死因，她最後那一臉猙獰的表情；以及一臉木然的小女孩和她閃耀著明星般笑容的母親。不過林德生沒有怎麼看這篇新聞，當記者一路跟隨著楊太太上車，回到楊家的時候，林德生正在警局裡被約談。

晚上十點多，天空又飄起細雨，警局裡沒開空調，窗外飄進街角傳統市場的魚肉腥味。林德生從下午五點之後就一杯水也沒喝，身上的汗乾了又溼，頭髮和肩膀沾滿雨水乾掉的氣味，腰間的傷口像水蛭般吸乾他的體力，讓他看起來比實際上還更虛弱憔悴。

一個瘦高的中年警官領著他走進一間密閉偵訊室，然後不斷重複地問了一堆問題。

中年警官：『你跟楊議員的關係？』

林德生：『他託我幫忙查一些私事。』

中年警官：『楊議員叫你去找他女兒？』

林德生：『沒有，他託我找一個親戚。』

中年警官：『你跟秦美雪的關係？』

林德生：『我不認識她。』

中年警官：『你怎麼會跑去她家？』

林德生：『我下午去拜訪楊先生，她好像也是楊先生的朋友，我跟這個女的小聊一下，後來覺得她好像有什麼事沒說清楚，就跑去想找她談談。』

中年警官：『嗯！林先生，你他媽最好說實話！』

林德生：『我說的是實話。我們這一行就是這樣，有什麼小事也會去……』

中年警官：『那你怎麼進她家門的？』

林德生：『我用鐵絲開鎖。』

那高瘦的中年警官把資料夾往桌上一摔，瞪了林德生一眼。

『我看這樣吧！』中年警官冷冷地說，『過個兩、三天你可能就會想說了。』他站起身，打開偵訊室的門，對著門外一個胖警員招招手，然後回過頭對著林德生：『你跟我耍狠是吧？那就先在我們這裡留個幾天吧！』

林德生趕緊站起身，說：『等一下！我騙你幹嘛？我真的只是覺得那女的怪怪的去找她問話，不信你去問一下那棟大樓的住戶，我之前沒去過那裡……』

林德生還沒講完，門外那個胖警員就走進來，一把拽著林德生，拖著他出去。林德生知道不管他怎麼說都一定會被拘留個幾天，來個下馬威，才會繼續找他問話，他一時不知道該反抗還是順從，手忙腳亂間只聞到那胖警員滿身酒氣。

林德生被拖到警局大廳一旁的走道，他在慌亂間瞥見一個中年男人，氣定神閒地站在大廳門口，那是中午天地教那群人裡面的一個弟子。那中年弟子也看到林德生，對他招了招手，林德生竟一時不知道該怎麼向他求救。那弟子也沒理會林德生，逕自走進一間小辦公室，林德生被帶到地下室，他不確定自己會被送去關著還是送去動私刑，他恍惚地被拉著走上一條走道，忽然覺得一陣想哭，這時候，身後傳來喊叫聲，一個年輕員警快步跑向他。

『局長找這傢伙！』那年輕員警上氣不接下氣地，『他在辦公室！』

『操你媽！』胖員警回頭打了林德生一個後腦，『有人罩你就他媽早點說嘛！操！要我們怎麼做人吶？』

胖員警竟然笑了，那張臉一笑起來就跟路邊的流氓沒兩樣。他領著林德生往回走，一路拉著他走進局長辦公室，辦公室裡，那個中年弟子和代理局長坐在皮沙發上閒聊，看到林德生走進來，中年弟子馬上恭敬似地站起來，代理局長也馬上跟著站起來，對著林德生微笑；不用說，那些員警的態度馬上改變，滿身酒氣的胖警員像理髮店小妹似的，竟然還問林德生要喝咖啡還是茶。

這時候林德生才知道，那個中年弟子就是嚴正雄。

鹿港那個著名立委嚴清水的弟弟。

這個嚴正雄也上過幾次新聞，大體跟幾個地方政府的工程綁標案有關，也涉及一起台中酒店的槍擊案。林德生對這個人黑道白道的背景也算有點概念，只是沒想到會在天地教那夥人裡遇到。

林德生跟著嚴正雄和那個代理局長閒聊了幾句，喝了幾口茶，心情頓時舒緩多了。代理局長對剛才的事一概不提，只是聊些嚴家最近發生的事，和一些政治名人的八卦。過了好一會，剛才那個瘦高的中年警官和另一個年輕員警才敲門進來，中年警官若無其事地遞過名片給林德生和嚴正雄，好像是第一次見面一樣；林德生沒怎麼注意那張名片，倒是一眼就認出另一個年輕員警，那是前一天晚上在醫院裡跟他問了一堆酒店韻事的小警察之一。

『林先生嗎？』那個高瘦警官坐下來，『我姓李，現在就是我負責辦這個案子。』

『李警官，你好！』林德生一臉沉靜。

『事情是這樣，』李警官笑了笑，一副上街買菜似的口氣說，『你也知道楊議員的事嘛！他小女兒失蹤了，我們知道楊議員叫你去找他女兒，不過，我是挺想知道，你怎麼會跑去秦美雪家裡去找？』

『我說過了，我不是去找他女兒，』林德生懶懶地說，『我是去找他的一個親戚。至於那個秦美雪，就只是突然遇到，想找她談談……』

『楊議員要你找的那個親戚不是他女兒？』
『不是！是他的叔公……還有他叔叔。』
『怎麼會跑到秦美雪家裡去找？』
『我說過了，我只是在醫院遇到她，想找她問些事。你可以去岡山分局那裡問，我是去岡山楊先生老家那裡找這位親戚。』
『那位親戚還在世嗎？還是已經過世了？』
『我不清楚，』林德生說，『紀錄上是失蹤。楊先生就是想知道這位親戚是生是死，才託我去查清楚。』
『那我就不拐彎抹角了，』李警官仍是帶著微笑，『你怎麼會知道楊議員老家後面埋了那麼多屍體？』
『我不知道！我只想說楊先生的叔公從前住在那兒，說不定會在那挖出些什麼。』
『結果你挖出來的那些東西，你很意外嗎？』
『當然意外！』
『那你怎麼沒報案？』李警官拿起手上一疊整整齊齊的資料，抽出其中一份，攤在林德生面前，『這個人你認識吧？』

『認識。我找他去挖楊家鐵皮屋的。』

『他筆錄上說，你發現挖到屍體後，有塞錢給他要他保密，是這樣的嗎？』

『沒錯！』

『嘿！嘿！』李警官乾笑兩聲，笑聲難聽至極，『這算是掩藏證據嗎？林先生。』

坐在一旁的嚴正雄回頭看了代理局長一眼，代理局長只好陪笑說：『沒有啦！現在都還在辦啦！都沒有證據啦！我看這個林先生挺老實的啦！』

林德生一點倉卒的神情都沒有，只是靜靜的把工人的筆錄遞還給那個一臉得意的李警官。

『我找人挖那個地方就是為了找楊先生的親戚，我只是想說不定那位失蹤的親戚就埋在那裡，結果也真的挖出人骨。我當然就斷定那是楊先生的親戚，李警官也該知道，做我們這行的，辦的都是些別人的私事，我挖到人骨的第一件事當然是要通知楊先生，如果這些人骨真是楊先生的親戚，那要不要發訃聞昭告天下，都不關我的事……』

『放屁！』李警官忽然尖叫一聲，『挖那麼多骨頭出來，不是兇殺案難道還會是家族墓園嗎？有那麼多個親戚的屍體嗎？有人把親人埋成亂葬崗一樣嗎？』

『喂！有話好好講！』代理局長邊喝止李警官邊看著嚴正雄，『林先生今天是以關係人的身分來的。』

『剛好講到這個，』林德生說，『我想問那些挖出來的人骨，是多久以前死的？』

『這些資料都是保密的！』李警官說完，仍瞪著林德生。

嚴正雄轉頭對著代理局長：『大家都自己人了，還保密啊？講出來大家可以腦力激盪一下啦！』

『不是，』代理局長一臉為難，『兇殺案的內容本來就是不能公開的……』

『什麼意思？該不會連我嚴正雄都信不過吧？』看到代理局長一臉在想著如何回絕的表情，嚴正雄口氣轉為略帶笑意，『這又不一定是兇殺案，說不定還真是楊家的祖墳咧！你沒搞清楚怎麼知道？不管怎樣，大不了這案子轉到調查局，我再跟他們問個清楚……這樣的話，到時候真有什麼事，楊家的「和解金」就是調查局的人收囉！』

『唉！我沒那個意思！』那個代理局長搖了搖手。

『我知道那些人骨都是同一個人的，對吧？』林德生說。

代理局長和那個高瘦警官一臉驚訝。接著，代理局長對站在門前的那個年輕警察說：『好了！好了！你先出去吧！』

年輕員警一臉不悅地離開局長辦公室，李警官坐立難安似的換了幾個坐姿。

『好吧！』代理局長對著李警官說，『這裡沒外人啦！你說說吧！』

林德生和嚴正雄緊緊盯著他不放，隔了好一會，李警官深吸了口氣，說：『這鑑定資料……

只是初步鑑定的……還不能算最後的……證據……嗯！資料上是寫，三十三支右手臂骨、三十七支右手腕骨、二十九支左手臂骨、四十一支左手腕骨、四十六支左腿骨……』李警官死氣沉沉地念了一長串各種骨頭的清單，接著，他抬起頭，看著林德生，『這些人骨中，最早的大約在二、三十年前，也就是說，是二、三十年前死的；最近的大約是十年以內，甚至有可能在五年以內。』

李警官乾巴巴的臉上浮現了絕症病患那種詭異的表情，一個字一個字小心地說：『重點是：這些人骨……初步檢驗的結果，它們都是同一個人的。也就是說，曾經有一個人，他三十年前死了，屍體被埋在楊家後山，可是不知道為什麼，這個人之後又死了一次，屍體又被埋在同樣的地方……這個人從三十年前到五年前之間，至少死過三十次……楊家後山挖到的那些人骨，全都是他的。這個人……這位死者，』李警官接著說，『應該是十六到二十歲的年輕男性，身高大約是一百七十九，左腳膝蓋曾經有扭傷，血型應該是B型，你知道會是誰嗎？』

林德生立刻就想到了！下午楊世德不斷提到的那個杜書賢！絕對就是他！

幾天前他還認為是無聊迷信的鬼故事，如今有了科學證據，就像靈異照片裡的幽靈一樣大大方方的現身，沒錯！這是真的！楊世德半夢半醒間講的那些故事是真的！杜書賢是存在的！他被高中時的楊世德帶去那間陰廟，見到那個蟄居在世間因果之外的陰神，成為它的受害者，並且，不知道為了什麼原因不斷地復活，不斷地再度受折磨。

『這件事有其他的科學解釋嗎？』林德生問。

『沒有！』李警官無意間哼了一聲，『就算世上有三十胞胎也不可能。這些個人骨從三十年前開始，一直到五年前，所有的人骨都是同樣的年紀。你想，就算是三十胞胎一個接一個死，近幾年死的那幾個也會變老吧？』

『你總知道些什麼吧？』代理局長插嘴進來，『我們想約談楊議員，在那之前，你有什麼要先跟我們說的？』

『昨天晚上攻擊楊先生的兇手找到了嗎？』林德生問。

『沒有！』代理局長搖了搖手，『我們署長也派了特調組來，我們幾乎把現場都翻遍了，連個腳印或指紋都沒找到，現在我們正在徹底檢查楊議員的車，不過目前為止什麼都沒有。他傷得很嚴重！手指腳趾都被剪斷，耳朵都被割下來了！醫院幫他接回去，不過一隻耳朵組織壞死，應該是廢了。要約談他也只能等到他出院，我看一、兩個月跑不掉。』

林德生像是在思考一樣的表情，眉頭緊皺，但其實他腦中一片混沌。

『我想，』林德生緩緩地說，『我可能知道兇手是誰……』

『誰？』

『可是說了你們一定不信。』

『你說！』

『就是……那些人骨的主人。』林德生停了一會，看到其他人一臉錯愕，『他應該是楊先生的一位高中同學……叫杜書賢，楊先生……下午跟我說，這個杜書賢殺了他女兒，現在又要殺他，可是……這個杜書賢應該已經失蹤快三十年了。』

所有人都一臉僵硬。就跟林德生一樣，這件事對他們而言，不管信也好，不信也好，總之都是無從接話，無從辦理。

隔了好一會，李警官才問：『楊議員親口跟你說的？』

『對！』

『他確定攻擊他的兇手就是這個杜書賢？』

『沒有！他只說這個人殺了他女兒，又要殺他。』

辦公室裡的尷尬的沉默氣氛持續了一、兩分鐘，林德生感覺到話題已經僵住了，他拿起茶杯喝了口茶，像是忽然想到般地，問：『秦美雪怎麼死的？』

李警官停了好一會，面無表情地說：『不知道！』

『沒查出來？』

『查了！找不到死因。』

代理局長插話進來：『等一下！這些事跟楊議員的那個親戚有什麼關係？他叫你去查那個親戚做什麼？』

林德生知道這裡不再有什麼令人意外的消息了。為了保持往後訊息交換的暢通，他也只好遮遮掩掩的講了楊世德的叔公，叔叔，還有後山那座陰廟的事。

談話又持續了一個多小時，等到林德生離開警局時，已是將近午夜。

他累得有點頭痛，身體輕飄飄的，腳步卻意外地沉重。可是為了答謝嚴正雄替自己解危，林德生還是主動提議要帶嚴正雄和天地教一行人去看看躺在醫院的姜齊軒，和姜家老家的那座廢工廠。倒是嚴正雄看他一臉要死不活的，堅持要他早點休息，林德生把姜齊軒所在的醫院和姜家老家的地址抄給他，就此離開。

午夜時分的雨勢轉大，氣溫稍降，像是要起霧。

長庚醫院周圍的路燈照進幽暗的病房，帶著窗上雨花的影子。楊世德躺在病床上，床頭周圍的香精蠟燭幾乎要燒盡，照出微微顫動的暖橘色火光。

楊世德半夢半醒間，像是聽到細微的呼吸聲，他張看眼，看到杜書賢站在床前，靜悄悄地看著自己。

杜書賢的雙眼帶著一種像是悲涼的神色，他的臉卻還是高中時的那副稚氣模樣。

楊世德嚇得坐起身來，正要大聲呼救，杜書賢一拳打在他的左臉，幾乎讓他翻下床去。楊世德覺得一陣天旋地轉，痛得縮著身子，鮮血和口水從嘴角流出來。杜書賢面無表情地看著他，一句話也沒說，輕手輕腳地脫去自己的上衣，捲成一長條，湊到楊世德面前，楊世德拚命掙扎，嘴巴還是被整件上衣綁住。

杜書賢一手壓住楊世德，另一手拿出一把短鋸，輕輕放在床頭。

楊世德一看到那把短鋸，眼淚就流了出來，他用盡全力扭動身體，可是杜書賢壓得他完全不能動彈；他想用腳踢開杜書賢，可是慌亂中雙腳也只是在半空中亂踢亂踏。杜書賢抓起楊世德的左手，任憑他如何掙扎都沒用，杜書賢小心翼翼地拆開他手上的繃帶，五根手指才剛被顯微手術縫在手掌上。楊世德不停扭著頭和腳，發出嗚嗚咿咿的聲音，淚眼模糊中，他看到杜書賢伸手捏住他的食指，楊世德心頭一涼，同時間，杜書賢拽下了他的食指，頓時痛徹心肺。杜書賢轉眼間就把楊世德另外四根手指一一拽下，楊世德痛得眼睛都睜不開，接著，杜書賢拿起短鋸，一點也沒遲疑，從左手的上半截手掌開始鋸了起來。楊世德痛得眼前一黑，心臟縮緊，就要喘不過氣；杜書賢像是毫不費力一般，鋸斷了他的半截手掌，鮮血染紅了床單。杜書賢放下短鋸，點了根菸，坐在床頭抽了幾口，然後把菸擱在一旁的蠟燭盤上，又拿起短鋸，對著楊世德的左手腕，像在測量位置。

楊世德的左手幾乎痛得麻痺，但一碰到冰涼的帶著血的短鋸，立刻抖了一下；他不斷想大叫，想呼救，想向杜書賢求饒，想放聲大哭，可是他的嘴被綁住，一個字都吐不出來。杜書賢重新壓住楊世德想要反抗的右手，看起來卻像哄小孩般的輕柔，接著，用力鋸起楊世德的手腕……

也不知道是蠟燭燒盡，還是楊世德失血過多造成的眼睛遲鈍，接下來發生的事愈來愈模糊，他懵懵懂懂地在漆黑中痛昏了又痛醒，只記得一波波的痛苦將他淹沒，沒有盡頭，他掙扎到全身最後一絲力氣都耗盡，像只剩下一層皮般的虛弱。

接近清晨的時候，窗外漆黑的景色漸漸變成一片濃郁的深藍，刺耳的鳥叫聲似遠似近。值班護士邊大叫邊從楊世德病房衝出來，把剛睡著的急診醫師叫醒。

楊世德躺在血紅色的病床上，一動也不動。

他的左手從手掌處開始，被一片一片切到手肘；雙腳從腳掌處切到膝蓋；陰莖和陰囊被剪成碎片，臉上和背部的皮被剝下。

當他被推進手術房的時候，一位護士聲稱看到他張開眼睛，那護士對天發誓她親眼看到楊世德的那雙眼睛，透出令她全身打顫的詭異的平靜。

七、信徒

林德生幾乎整晚沒睡，但還是渾渾噩噩地躺到快中午，直到手機響起。

『林先生嗎？』手機傳來帶著隱隱笑意的女人的聲音，楊世德對這種聲音再熟悉不過了……那是女人挑逗的聲音，『冒昧打擾你了，我是楊世德太太。』

林德生愣了一下。

『喔！楊太太，妳好！』

『昨天真的很不好意思，把你從醫院趕出來……』

『喔！沒有！別這樣說！』

『是這樣的，不知道你能不能來吃頓飯？我還沒謝謝你找到女兒。』

林德生又愣住了。

他客客套套地掛斷電話，趕緊爬起床，貧血似的頭昏讓他走都走不穩，歪七扭八地走進廁所。他想仔細的梳洗，可是卻從鏡子裡看到一張疲憊衰老的臉，像是十年後才會出現的一張臉，而他驚訝沮喪的表情卻是再適合那張臉不過了。

林德生匆匆趕到位於市中心的楊家。

昨天一整天的雨已經了無痕跡，街道上滿是沙漠般的空氣和煙塵。

經過了幾個轉彎，林德生就發覺自己被跟蹤了。一輛灰黑色的廂型車似乎從林德生家巷口一路跟在後面，也沒有特意要隱藏的樣子。林德生一下子也猜不出來，反正那不是昨天那些警察，就是天地教的閒人……

楊家所在的大樓頗為清幽宜人，深色花崗岩與印度紫檀搭配的大廳門廊明亮寬敞，兩層樓高的落地窗使用簡潔的素色亞麻布料，窗台內外都堆滿熱帶闊葉植物。林德生走進明亮的玻璃景觀電梯，腦中卻閃過昨天傍晚在阿雪家的情境。

楊太太親自為他開門，她挽起頭髮，穿了一件夏姿的繡花連身裙裝，墨綠色的緞布上繡了花花綠綠的蝴蝶。她看起來心情愉快，領著林德生到飯廳，然後吩咐傭人把女兒帶出來。

小女孩和昨天判若兩人，頭髮烏亮，臉色紅潤，只是臉上的表情一樣陰沉。她只露了一下臉，什麼話都沒說，也幾乎沒看林德生一眼，就轉身回房間。

『請坐！』楊太太帶著平淡的微笑，輕輕坐下。

『謝謝！』林德生跟著坐下，『楊先生的傷還好嗎？』

楊太太像是略帶酸苦地嘆了口氣，搖了搖頭，接著抬起頭，以拿捏極準的時間恢復微笑，伸出手示意林德生用飯。

滿桌飯菜看起來普通：一盤梅子蒸魚、一盤烤鮪魚、一盤蝦仁干貝炒花椰菜、一隻燉雞、一盤柳橙醬蘆筍、一盤炒菜心、還有一盤炸牛肉丸子……全都用純白色的瓷盤瓷甕盛著，配上白色象牙筷，擺放在長方形黑色玻璃桌上。林德生吃了第一口，就知道其實都是費工做出來的：蒸魚加了桂花仙楂梨子和梅酒、鮪魚是先醃過燻過再烤、雞湯是用鮑魚和奶油當底……每道菜都頗講究。

林德生默默吃了幾口飯菜，就被這尷尬氣氛搞得愈來愈不舒服；他不時看著楊太太，她卻一點也沒有急著打開話題的樣子。

林德生愈吃愈慢，他感覺到愈來愈沉重的睡意，過不久，楊太太站起身來，去廚房櫃子裡拿了一瓶人頭馬，回頭要給林德生斟上。

『啊！我不用了！』林德生趕緊搖手，『我晚點還有事。』

『就喝這麼一杯也不會怎樣！』

楊太太從容地拿起酒杯，『來！我敬你。』

不知怎麼地，林德生忽然想起前兩天晚上一起喝酒的那個王太太。他拿起酒杯，禮貌地對楊太太點了點頭，喝了一小口，放下酒杯，抬起頭，看到楊太太正專注地看著他，林德生本來以為她就要開口講話，可是她卻只是凝神看著。

楊太太的娘家是地方豪族，她的大伯，也就是祖父的長子，繼承了家族的龐大地產和一間油漆工廠，父親也擁有一份有名無實的經理職閒差。她本身又是望族聯姻的後代，她的母親是當時台灣最大紡織業家族的長女，但偏偏她的父親是個不務正業整天吃喝嫖賭的少爺。母親懷了她沒多久，祖父就過世了，父親在短短八個月間就把分到的遺產花完，待楊太太出世的時候，他們家已經是需要親戚接濟的貧苦家庭了。高傲的母親以無法再養活更多孩子為由，拒絕與父親同床，父親索性天天在外面跟別的女人過夜。在楊太太還不滿兩歲的時候，母親就一聲不響地回了娘家，再也沒回來了。

那時候的楊太太還太小，母親忽然離開，家裡的傭人也早都遣散了，偌大的房子在夜裡漆黑一片，蟋蟀聲近在耳邊。她餓了兩天，身上被蚊子叮得慘不忍睹，在生死關頭中被上門要債的伯父發現，從那之後，她的本能就覺醒了。

她大部分的時間都寄住伯父家，受到伯父一家的疼愛，可是她跟其他同年齡小孩不一樣，她從不哭鬧，因為她知道這個家中已經存在一位真正的公主——她的堂姊，伯父的獨生女，蔣杏美。

堂姊大她一歲半，天生美麗，個性略有一點神經質。她們倆感情很好，總是像親姊妹一樣出雙入對，伯父看了高興，其他親戚看了也喜歡，就連堂姊自己都沒發現：這種親密只是楊太太單方面經營出來的。雖然堂姊對她很好，但她卻因為堂姊的母親是女工出身而暗自瞧不起。那時候，她已經懂得講究站姿坐姿，注意禮儀；可是堂姊總是穿著睡衣到處跑、睡在地上、當著傭人的面掀起裙子抓癢……楊太太認為堂姊的散漫是因為母親的卑下血統，而不是她父親的嬌寵。然而，令楊太太更不能接受的是：堂姊不管怎樣粗魯，她的美麗都會讓那看起來像是天真的可愛；而楊太太卻因為樣貌平凡，她超齡的穩重只是惹得大人訕笑。楊太太的敵意與日俱增，當她和堂姊手牽手的時候，她忍不住想到堂姊的手心裡，身體裡，靈魂裡，都流著下人的血。那年她八歲，堂姊十歲。

那一年，太陽燃燒著整個夏季，油漆工廠發出的惡臭籠罩整個地區。

每當工廠在調製紅色油漆的時候都會發生怪事。陸續已經有十多位女工失蹤了，警察單位卻從不曾來過，彷彿那是理所當然的事。而那一年也不例外，阿鳳姊的大女兒剛滿十四，跟著阿鳳姊到工廠上班，第二天，她的衣服原封不動地出現在巨大的油漆槽旁邊，而人卻不見了。

當天夜裡，空氣難得涼爽，兩輛貨車載滿紅漆，剛從工廠出發沒多久，就撞到失魂落魄的阿鳳姊。兩輛貨車都翻覆，兩位司機、五位車上的工人、還有阿鳳姊、全部當場死亡。那天晚上，所有人手忙腳亂把屍體抬出來的時候，翻覆一地的紅漆混著屍體流出的血，靜悄悄地散布開來，沿著街道，小巷，遍及整個工廠地區，像從心臟延伸出的綿密血管一般。日光一升起，滿地紅漆被烤得冒出詭異的氣泡，不時微微地改變形狀，像是活著的生物一樣，而那股腥臭刺人落淚；更糟糕的，工廠一帶的人皮膚出現紅斑，並散發出與紅漆同樣的腥臭。

油漆工廠在隔週就關閉了。伯父不得不賣地來周轉，而伯父家也從工廠一帶搬到燕巢，堂姊搬走了，年僅五歲的楊太太被留了下來，跟她幾乎沒怎麼回家的父親住。堂姊搬家的那天，她站在門前送行，大家看到她哭得那麼傷心，都以為她是捨不得堂姊和伯父，沒有人察覺她小小年紀的眼睛像厲鬼般殷紅。

伯父搬走的隔天，天色剛亮起，工廠地區滿地的紅漆消失無蹤。有人說在夜裡看到那片紅漆悄悄移動，像隻巨大的水母，在路燈下看來暗紅如潰爛的血肉；也有人說那片紅漆蒸發了，在天色微藍的早晨變成血紅色的霧，飄進路旁的檳榔園。

楊太太仍時常去拜訪伯父和堂姊，可是沒過多久堂姊就病了，伯父全心全意照顧身體開始衰弱的堂姊，楊太太不再得到任何注意或關愛。一天夜裡，虛弱的堂姊要楊太太留過夜，那天晚上，堂姊說了一段怪異的故事，關於她在山腳認識的那個陌生小孩的故事。

『妳知道嗎？』故事裡，那小孩對堂姊說，『妳死的時候，看起來就像我這樣。』

堂姊不明白，她看到的那個小孩，跟堂姊自己長得一模一樣；可是聽別人說那個孩子看起來恐怖極了！又髒又臭，像是長滿膿瘡，身體發出腐臭味道。

『我就覺得她很面熟，』那天夜裡，堂姊對年幼的楊太太說，『後來我終於想起來了，她就是之前那個紅色的油漆，妳還記得它嗎？』

楊太太猛力搖頭。

堂姊笑了，她年幼的臉龐因病痛而顯得成熟，那抹微笑讓楊太太聯想到母親。

『我們也有聊到妳，』堂姊說，『說不定到時候妳就會想起來了。』

過沒幾天，堂姊的病情迅速惡化，她美麗的長髮幾乎掉光，奶油般的皮膚長滿膿瘡，發出惡臭。聽父親講，堂姊斷氣的時候已經不成人形，但是表情卻安詳得很。

堂姊死後，楊太太順利繼位，成為伯父的第二個掌上明珠，家族裡新的公主。伯父關閉了油漆工廠後，另外買下兩間小藥廠，後來愈來愈賺錢，兩間藥廠變成五間，家族也愈來愈興旺，只是，所有人仍絕口不提堂姊的事。伯父把楊太太當成自己親生女兒一般，為年僅十二歲的她開了郵局的帳戶，開戶金額就存了一百萬元，到楊太太念完高中，帳戶裡的金額已累積到六百多萬。那個時候她已是一家之主，她立下的規矩，連父親都必須遵守。

那時候，楊太太以為自己已經達成所有願望了，沒想到在她快滿二十歲的那年，她跟一群同學去某一位同學家玩，夜深了，她自己先騎著摩托車離開，結果在市區巷弄間迷了路，她停下來打電話跟同學問路，這時候，黑漆漆巷子裡，一個女孩向楊太太姍姍走來，她的身影像極了當年的堂姊，她愈走愈近，灰白色的路燈照亮她的臉，楊太太差點尖叫出聲，那女孩的臉就是楊太太的臉。

楊太太馬上就想到小時候堂姊說的那故事。

那女孩走到楊太太面前，問她：『妳想起來了嗎？』然後儀態優雅地笑了笑，與她擦身而過，消失在那條暗如噩夢的巷子裡。

從那晚之後，她就活在某種像是倒數計時的恐懼當中，好幾個晚上，她回想起堂姊死前的慘狀，在床上哭了出來。她想著：如果堂姊這時還在這裡，一定會笑她的……

『傻瓜！』堂姊是這麼說的，『死又沒那麼糟，不過就是再也醒不過來而已。』

過去十多年來，她一直以為自己徹底戰勝了堂姊，奪取了堂姊的一切，誰知道現在她就要步上堂姊的後塵了。而她清楚地知道，她死了之後，別人也會慢慢習慣，慢慢遺忘，然後，新的取代者會再出現：她的家族會漸漸推選出下一任公主，她的朋友會再親近其他的朋友，她的男性追求者會再追求其他的女孩……很快地，她會化成灰，和堂姊一樣，灰燼被沖入時間的激流，和其他所有的死者混在一起，所有人的差異都沒有意義，所有人都被稱作『曾經存在過的人』。

那時的楊太太像是著了魔，四處去找有名的廟、乩童、算命師、法師……

那一年，剛好也是她和楊世德認識的那年，那年她二十二歲，楊世德二十四。

聲音冷清的飯廳裡只有些許細微的碗筷碰撞聲。

楊太太看著林德生好一會，似乎動也不動，隔了好一會，她嘆了口氣，拿起酒杯。

『你找到他叔叔了？』楊太太輕聲地。

林德生頓了一下。他直直看著楊太太，『妳是說……楊先生的叔叔？』

『對！他叔叔！』

『嗯……我……我見到……一個人……那個應該就是他叔叔……』

『在哪裡見到的？』

『在一間廢工廠。』停了幾秒，林德生接著說：『妳別見怪，不過是這樣的，這是楊先生託我辦的事，如果可以，我想還是楊先生在場會比較好講。』

楊太太微微一笑，一口酒也沒喝，放下酒杯，然後往後靠在椅背上。

『你挺老實的。』楊太太說，『不過，說真的，比起他那個叔叔，我比較想知道你怎麼會跑去找那個女人？』

『誰？』

『你知道我在說誰。』

『喔！妳是說那天去醫院找楊先生的那位小姐嗎？我不認識她，昨天在醫院門口見過而已……』

『見過而已？才見過就這麼積極？』

『不是，』林德生仔細看著楊太太似乎毫無變化的表情，『那是因為她說楊先生就要死了，而她見不到最後一面。我只是想問她為什麼說楊先生就要死了。』

楊太太沒接話，她站起來，走到林德生身邊。

『男人喜歡的東西都差不了多少，不外乎就是錢和女人……』她像是非常自然地，從林德生上衣口袋掏出一包菸，啣在嘴裡，『我比較感興趣的是，』她邊點菸邊說，『你有什麼害怕的事？』

『害怕的事？』

『對！害怕的事，或是害怕的人？』

楊太太吸了口菸，卻沒吸進喉嚨裡，她緩緩呼出一團煙霧，然後把菸遞給林德生。

她嘴上幾乎沒擦什麼口紅，可是菸嘴上卻留下一抹鮮紅的唇印。林德生一看到那唇印，立刻背脊發涼。

『我觀察你很久啦！』楊太太說，『從我先生一找上你的時候我就在注意你了。』

林德生眼睛仍看著手上香菸的紅色唇印，一句話也說不上來。

『你有沒有想過，』她淡淡地說，『這一切都是早就安排好的？』

『什麼安排好的？』

『什麼都是安排好的！你，我先生，我女兒，那個陰陽怪氣的叔叔，甚至我會注意到你也可能是安排好的，你沒想過嗎？』

『妳是說命運嗎？』

『你相信命運可以改變嗎？』

『我不相信命運。』

『我相信！我也相信命運可以改變，我相信未來在還沒發生之前，都只是個可能性。』

『如果命運可以改變，那應該就可以說根本沒有命運這回事。如果一個算命的告訴妳，妳三十歲會結婚，結果妳三十歲還沒結，他就說因為妳做了什麼事改變了命運，那就等於說，根本不用去管命運這回事，反正它會改變……』

楊太太像是笑了，她稍微遮了遮嘴唇，說：『看來你還不懂。這世上只有命運本身能夠改變命運。』她離開林德生身邊，『啊！時間不早了……』

『等等！』林德生跟著站起來，『妳剛說：「我有沒有想過一切都是安排好的？」我倒是想問：如果是安排好的，那會是誰安排的？』

『我哪知道？』她緩緩走向客廳大門，『我只不過隨便閒聊。』她輕手輕腳地開了門，站在門邊，『謝謝你找到我女兒，等楊世德傷好了再好好跟你吃頓飯吧！』她臉上帶著若有似無的微笑般的表情，跟昨天在病房中那冷淡敵意的表情竟沒有多少不同。

楊太太的詭異已經超出林德生的忍耐極限，他在她身上聞到現實被扭曲被模糊的那種味道，多年前『那個』王太太的那種味道。林德生想開口，想把話問清楚，可是他竟無力對抗楊太太那虛無縹緲的堅決的神情，似乎只能依照她的眼神指示離去。

『對不起，』林德生傾身往回走，『可以跟妳借個廁所？』

他不等楊太太答話，逕自往飯廳旁邊的廁所走去，藉此想辦法再多留一會，跟她多問些話。

林德生才剛走到飯廳，就看到一個小女孩站在角落，兩眼直直地盯著他。

他先是回想到昨天在阿雪家裡的情景，心裡一陣不安，他轉過頭，接著要穿過飯廳，沒想到那小女孩以出乎意料的速度跑向他，林德生愣了一下，還在考慮該不該閃躲，那小女孩已跑到他面前，伸手抱住他的腰。

『救我！』小女孩的聲音灰暗堅硬如金屬，『她要殺我！』

說完，小女孩像是恢復成之前的樣子，面無表情地放開林德生，退到一旁。

『妳說什麼？誰要殺妳？』林德生問。

小女孩沒答話。

『是妳媽媽？』

林德生還沒說完，就聽到楊太太的腳步聲從客廳一路接近，輕巧得像貓，林德生回過頭，看到她緩緩穿過飯廳，腳步怪異，表情愈來愈猙獰，愈來愈不像她……愈來愈像……

林德生全身發寒。

多年前的那個晚上，林德生躺在『那個』王太太的白色沙發上，王太太一邊脫去他的衣服一邊露出愈來愈扭曲的臉；她像蜘蛛一樣爬到他身上，發瘋似地扭動臃腫的下腹部，雙手指甲像是嵌進他背上的肌肉，不停發出沙啞的嘶喊……那時候，王太太的那張臉，因瘋狂而完全變形的那張臉，像極了現在楊太太的臉。

『我先走了！』林德生趕緊往客廳走去，他想避開站在面前的楊太太，卻被她的手臂緊抓住。他一回頭，看到楊太太發瘋似地張大嘴向他撲來，他伸手掐住她的脖子，身體不停往後退，後腰撞到飯桌桌沿，那剛好是他的傷口處。

林德生被楊太太壓倒在飯桌上，桌上杯碗散落一地。他緊抓著楊太太的脖子，還沒搞清楚眼前的狀況，楊太太忽然張大嘴，嘴角微微裂開，卻沒有流血，林德生幾乎不敢相信自己的眼睛，她的脖子像蛇一樣伸長，一口咬住林德生肩頸處，血滴四濺。林德生在劇痛中卯起蠻力要把楊太太扯開，可是她的身體開始變化，她的身體和四肢像是沒有骨頭似地，緊緊捲住林德生，她的嘴巴也愈咬愈緊，牙齒深入他的肌肉。林德生拚命掙扎，隨手摸到了一支象牙筷，毫不猶豫地插進楊太太背後，楊太太發出一聲嬰兒啼哭般的尖銳叫聲，隨即鬆開他的身體，像章魚一樣溜到飯桌下。

林德生幾乎是翻下桌，頭昏眼花地四處尋找，卻沒看到楊太太的蹤影，只有呆站在一旁面無表情的那個小女孩，用冷漠的眼睛看著他痛苦的樣子。

林德生腳步踉蹌地往門外衝，楊太太從客廳沙發後面鑽出，像蛇一樣在地上爬著，伸手抓住林德生的右腳跟。林德生往前跌在地上，摔得滿嘴都是血，他掙扎著要爬出大門，不成人形的楊太太死命抓住他的腳，蟒蛇般的身體緩緩往林德生的身上移動。

『為什麼？』她的聲音尖銳，『你不怕我的毒？』

就在同時，林德生看到門外站了兩個戴安全帽和工業用手套的男人，直接衝進沒關上門的客廳，拿起開山刀就往楊太太身上砍，楊太太不斷扭曲著變形的身體，痛苦地大叫，鮮血染紅地毯，她鬆開林德生，回頭往飯廳自己女兒處爬去；那兩個男人追在她身後，又砍了好幾刀，幾乎刀刀見骨，終於，她不再動了。

滿身鮮血的楊太太趴在飯廳地板上，臉和身體都恢復原狀，她吃力地抬起頭，眼神迷濛地看著不斷往後退的小女孩，聲音如絲般輕柔：『珊珊……想起……來了嗎？』

她愈說聲音愈細，鮮血泉湧不絕，在地板上緩緩散開，像是活著的生物一樣。

那兩個戴著安全帽的男人回過頭，看著林德生。

『他怎麼辦？』其中一個男人問。

『一起做掉！』

林德生從地板上爬起，跌跌撞撞地衝出門去，打開門外電梯間角落的逃生門，他回過頭，看到那兩個男人握著刀追出來，而他們的身後，整間客廳的地板都被鮮血覆蓋。

林德生強忍著脖子和後腰的劇痛，沿著逃生門後的樓梯往下衝。樓梯間光線昏暗，他看不清楚台階，走沒幾步就整個人跌下去，他趕緊爬起來，聽到樓梯上方傳來那兩個男人急促的腳步聲，他拚命往樓下跑，可是身體愈來愈不聽使喚，雙腳發軟，雙眼發黑，他以為這次死定了，沒想到眼前忽然一亮，他已經衝到一樓大廳。林德生看到大廳警衛站在電梯口抽菸，趕緊大聲呼救，那警衛一臉訝異地走上前來，林德生還來不及解釋，身後那兩個戴安全帽的男人就追了出來，林德生拔腿往大廳外跑，慌張的警衛想把那兩個男人擋下來，卻被砍了幾刀，應聲倒下。

林德生上氣不接下氣地跑出大廳，外面的空氣熱得他幾乎要昏倒，眼睛也被強光刺得一片模糊。他頭也沒回地衝到自己的車旁，手忙腳亂地開了車門，才剛坐進車內，那兩個男人就衝上前，其中一人用開山刀劈裂了駕駛座旁的車窗，林德生趕忙倒車，另一個男人追上來，用刀尖刺戳車輪，林德生急忙開車往前衝，撞倒了其中一個男人，加速離去。

沒過多久，林德生就從後照鏡看到之前那輛灰黑色廂型車，緊跟在林德生的車後。他一路開到市警局，衝進去報警，之前那個高瘦的李警官要送他去醫院，林德生卻堅持不肯，只在脖子的咬痕處做了些緊急處理，他堅持要先派人找到那輛廂型車，並且去楊家兇案現場證實他所說的故事。

警局一角的電視插播一則重大新聞，林德生原以為是楊太太的新聞，沒想到是小羅遇害死亡的消息。新聞上說：小羅被帶到觀音山垃圾場，像處決般被亂刀砍死，兇手還沒找到。

警方去了一趟楊家，楊太太的屍體不見蹤影，客廳和飯廳有打鬥過的痕跡，可是沒見到血。聽大樓的其他住戶說，楊家在騷動後不久，有人看到大量的血紅色油漆從樓梯間流出來，發出噁心的油漆惡臭，那時沒人在意，只忙著看救護車和警車來來去去，等到後來再注意到時，那紅色的油漆已經不見了。楊家唯一倖存的小女兒和傭人躲在房裡，什麼話都不肯說，她在被帶到警局的路上忽然發瘋似地大叫大鬧，差點害得護送她的員警出車禍，最後，她被送到長庚醫院，安置在她父親病房的樓上。

林德生一直在警局待到傍晚，直到嚴正雄前來接他。

嚴正雄身後跟了六個年輕男人，平均才二十歲上下，穿著短袖短褲，身上都露出些許刺青，那些都是他跟南部的朋友借來的小弟。

林德生原本不怎麼願意離開警局，倒不是因為害怕危險，而是因為這裡存在著現實世界的光景，他只有在這種現實的氣氛裡才能平靜。

『長老還在高雄，他們有很重要的事找你。』嚴正雄拍拍他的肩膀，『安啦！有我嚴正雄在，誰敢動你？媽的不就兩個黑衣人嘛！告訴你，來兩百個也不用怕啦！』

出了警局，空氣變得涼爽，街燈紛紛亮起，川流的人影車影模糊難辨。

警局外停了三台黑色轎車，林德生跟著嚴正雄上了一台黑色賓士，兩個長老就坐在車裡等他。林德生坐在前座，嚴正雄開車，三台車浩浩蕩蕩離開警局。

『我們整天都在解讀那些字，』白鬍子長老說，『那個鐵皮屋上面寫的字，我們找遍了各種資料，只是為了想看懂其中一小段，你猜怎麼？』

林德生昏沉沉看著他，沒回話。

『「它」大費周章地算了那麼多，不是在算它自己，是在算別人。』白鬍子長老說，『它在算其他幾個脫離因果的人，和「它」一樣的人。』看著林德生似乎沒會過意來，白鬍子長老靠近他的面前，一個字一個字仔細地說……

『對！除了這個住鐵皮屋裡的，還有其他人也練成仙啦！』

『你不會相信的！』白鬍子長老繼續說，『今天晚上，就有一個要成仙了！』

林德生依舊面無表情，兩個長老只當他是驚訝得說不出話來。

楊太太不是人類！

林德生不斷在腦中重複著這句話。

夜晚遼闊無邊，像深海一般迷離而隱密。他被疲倦感壓得幾乎透不過氣，對車窗外形形色色的夜晚的光景感到不安。他終於察覺到，處在現實之外的那片無底的漆黑深海裡，什麼東西正呼喚著他，林德生很想看清楚，但又不敢去到那麼深。

『你有沒有想過，』楊太太絲綢般的聲音在他腦中響起，『這一切都是早就安排好的？』

『看來你還不懂。這世上只有命運本身能夠改變命運。』

在林德生還渾渾噩噩，聽不清那兩個長老說話的時候，車子已經開到郊區的一間別墅。別墅門口停了好幾台黑色進口轎車，幾個像警衛般的黑衣人站在四周。兩個長老依序下了車，嚴正雄也示意要林德生下車，可是他自己卻留在車上，跟後面那兩台車裡的少年們一起掉頭離開。

白鬍子長老按了門鈴，一對年老夫妻走出來應門，穿著中式的手染服裝，看起來挺嚴肅。年老夫妻對兩位長老合掌打招呼，然後領著三人進門。

別墅內擺設講究，四處飄著清爽的茶香和濃郁的檀香、客廳中央是明式黃花梨家具配上虎皮地毯、窗戶嵌著滿是雕飾的清式窗框、一面牆上立著紅色鑲銅片的巨大門板。客廳裡坐滿六、七人，有男有女，看上去每個都年過六十，林德生認出其中一個是高雄市的前任市長，角落那對夫妻是現在的司法院長夫婦，另一個坐在輪椅上的垂垂老者是明豐集團的創辦人，站在旁邊的是他的孫子，也是現任的集團總裁……

林德生第一次在非公開場合遇見這些人，這些住在雲端高處的優越種族的成員們一排排站在這裡，以不為人知的姿態現身在林德生眼前，讓他覺得非常不自在。

白鬍子長老跟各人打過招呼後，站在客廳中央。

『時間快到了，』白鬍子長老說，『我們上樓吧！』

眾人紛紛放下手上的茶杯，幾乎是完全安靜無語地跟著白鬍子長老走上螺旋狀的台階，林德生也跟了上去。二樓大廳被清空，地上鋪滿黃澄澄的粉末，林德生仔細一看，那是空殼的穀子，大廳中央擺了一圈蠟燭和按照八卦形狀排好的符咒，在那些符咒的最中央，一個像蟲一樣緩緩蠕動的物體躺在那裡。

那是姜齊軒，失去四肢的身體裸露在燭光下，蒼白的皮膚對比著碩大的黑色陰莖。

『這是「尸蛹」，』白鬍子長老說，『製造它的那個自由仙留下紀錄，「化蛹者，十五子卯得解」，就是說，今晚到明晨，就是它羽化成仙的時候……』

白鬍子長老安排眾人圍著姜齊軒盤坐在地上，自己跟灰鬍子長老最後才入坐，林德生沒被招呼，只是站在一旁。現場安靜了好一會，灰鬍子長老以眼神示意，白鬍子長老點點頭，敲了敲地板，接著，兩男兩女從昏暗的三樓階梯走下來，四個人都只穿著浴袍。他們走到兩個長老面前，雙手合掌，躬身一拜，接著，四個人脫掉浴袍，露出四具年輕美麗的身體。兩個男人年紀差不多二十出頭，全身肌肉結實，其中一個手臂上有刺青；另外兩個女人也二十上下，都留著一頭長髮，面容清秀，胸部豐腴，皮膚白嫩，陰毛略有修剪。

白鬍子長老拿起一個瓷碗，一邊口中念念有詞，一邊拔下自己的頭髮和符咒一起燒入碗中，接著，他拿起一柄銅製的小刀，劃破手掌，把血滴在碗中，然後把碗傳給灰鬍子長老，灰鬍子長老也劃破手掌，把血滴入碗中，如此傳了一輪，碗中盛著在場所有人的血，最後傳回白鬍子長老手上，他最後拿起一瓶藥酒，裡面泡著一些樹根和動物的生殖器，藥酒倒滿整碗後，那四名年輕男女依序喝下。

接著，兩男兩女伏在姜齊軒身旁，開始撫摸他的身體，一個男人用舌頭舔他的脖子，另一個人還用手愛撫他的乳頭，兩個年輕女孩一左一右，用嘴挑逗他愈發膨脹的陰莖。四張嘴，八隻手，不停在他身上來回，姜齊軒也似乎愈來愈興奮，喉嚨裡發出嘶啞的怪聲，臉部頸部和胸口的皮膚開始變紅，身體不停扭動。

林德生覺得噁心極了，他盡量避開不去看，但仍是想知道這些人究竟要幹嘛；另一邊，兩個長老和其他幾名賓客都靜靜地低頭念經，彷彿眼前那場畸形的春宮秀與己無關。

兩男兩女開始和姜齊軒性交，一個女孩將私處靠近他巨大的陰莖，一搖一擺地讓它更深入，不時高聲呻吟著；另一個女孩則用豐滿的胸部磨蹭他的臉和脖子；一個男人將龜頭緩緩擠進他的肛門，弄了好一陣子；接著，另一個男人將陰莖塞入他的口中……四個人包圍住姜齊軒，不時變換姿勢，用性器官和身體所有部位盡情挑動他，汗光淋漓，喘息聲陶醉；而在同樣的時間，楊世德躺在醫院的加護病房裡，全身纏滿紗布，從臉上的氧氣面罩裡傳出沉重如死亡的呼吸聲。

病房裡燈光明亮，白色的光和白色的牆，白色的地板，白色的床單，白色的紗布裡透出些許紅黑色的血跡。楊世德不時睡睡醒醒，身上各處的疼痛因為嗎啡而變得像肌肉痠痛，像虛弱和疲倦。他緩緩張開眼，看到明亮的燈光下站著一個人影，他知道那是杜書賢。

他感覺杜書賢的手摸著他纏滿紗布的頭，像是帶著憐憫。

他聽到杜書賢在他耳邊輕聲說：『你知道嗎？「它」總是最後吃眼睛。它通常都是從手指開始吃，然後它就不會停，它吃得很慢，感覺像是好幾天，它吃完右手就吃左手，吃完左腳就吃右腳，那該有多痛呢？』

杜書賢伸手緊抓楊世德左手的傷口，楊世德大叫，身體扭曲。

『對！就是這麼痛！』杜書賢笑了，像當年那樣純真地笑了。

楊世德吃力地扯下氧氣罩，有氣無力地對著杜書賢：『阿賢……』他的語氣十分平靜，『我死了……你會原諒……我？』

『然後，』杜書賢像是沒聽到，自顧自地說著，『我一個人躺在那裡，那裡一片漆黑，一點聲音都沒有，四周也沒有牆，只是一片黑暗。我的臉和脖子正在長肉，癢得要死，可是我沒有手腳可以抓，也沒有身體……我肩膀才長出一小截手臂的時候，就開始在地上爬……在那個黑漆漆的地方一直爬，希望找到出口什麼的，可是我爬了好久，連一面牆都碰不到，我腳長出來了，就用跑的，可是那也一樣沒用，到處都沒有牆，沒有出口，只有一片黑暗。然後……然後，等我最後一片腳趾甲都長好的時候……全身……都恢復得跟之前一樣的時候……它就會再來吃我。』

『阿賢……我死了……以後……我們和好吧！』楊世德說，『不要……繼續……恨我……』

『我不恨你。』杜書賢站了起來，拿出一個綠色的小布包，攤在床頭。他打開布包，裡面整齊排了幾把手術刀。『我已經自由了，不會再生老病死了，是「它」的折磨讓我自由的。』他把臉湊近楊世德，『我是來帶你一起走的，我來幫你，我們一起離開這裡吧！』

杜書賢說完，不等楊世德回答，一刀插進他的小腹，鮮血四濺，楊世德掙扎扭動，卻叫不出聲音；杜書賢用力在他腹部劃了長長兩道十字形口子，然後伸手掏出滿是鮮血的腸子。

同樣的時間，郊區的那棟別墅裡，姜齊軒在激烈的性交中愈來愈亢奮。長達兩小時的性愛使得那兩對年輕男女疲憊不堪，而姜齊軒卻似乎還有用不完的精力。林德生覺得身體很不舒服，頭痛如宿醉，後腰的舊傷和頸部的新傷口又痛又麻。他轉身離開，經過一條走廊，走進洗手間，一走到洗手台前就吐了。他虛弱地抬起頭，一邊清洗嘴角的嘔吐物，一邊看著鏡中的自己，他臉色慘白，雙眼滿布血絲。

林德生決定離開這棟別墅和這些瘋狂，他決定回家好好睡一覺，然後忘了這些事，楊世德的事，那間陰廟的事，楊太太的事，所有的莫名其妙的事。他走出洗手間，隔著那條狹小的走廊，看到大廳那些人還在低頭念經，中間的姜齊軒仍陶醉在性愛中。

這時候，姜齊軒開始發出尖銳的怪叫，像是即將射精，兩個長老停下念經，帶著訝異的表情看著他。遠處的林德生聞到一陣怪異的香味，濃如香膏，他沒有走近，仍是站在走廊一角看著。姜齊軒蒼白的身體浮現一條條葉脈般鼓起的血管，接著，他的皮膚分泌一層淡金色的汗，那汗液散發強烈的濃香，性交中的那兩對年輕男女忽然變得極亢奮，飢渴般地舔舐他身上的汗，接著，發狂地猛咬他的皮膚，金漆般的血從傷口流出來。那香味似乎使所有人瘋狂，兩個長老和其他賓客面孔都扭曲，爭先恐後衝上前去，像鬣狗般搶食姜齊軒的身體，一瞬間，他被撕咬得像個破碎的蛋糕，那尖銳的叫聲不知是痛苦還是興奮。

那香味使得林德生頭痛作嘔，他轉身想離開，卻聽到窗外傳來嘈雜聲，他走到窗戶旁，看到四、五個戴著安全帽的男人開槍打死了門口那些警衛。林德生嚇壞了，接著就聽到一樓大門被撬開的聲音，他慌忙躲進洗手間。

二樓大廳傳來一陣刺耳的槍響和慘叫聲。

緊接著，林德生就聽到四處搜索的腳步聲。他打開洗手間的窗戶，窗外剛好有一棵芒果樹，他硬擠過狹小的窗戶，伸手攀著樹枝，想爬到樹上去，沒想到樹枝忽然折斷，他從二樓高的樹梢跌下，摔在長滿雜草的地上。

林德生覺得整個背部發麻，他躺在地上，看著樹葉遮住大半的夜空，一動也不動。

黑色的夜空出現紫紅色的光，接著，煙塵漫漫，豪華的郊區別墅冒出熊熊烈火，火星隨風飄散，照得四周草木一片腥紅，灰白色的濃煙在夜空裡緩緩上升，載著別墅裡那些講究的家具，還有賓客們的骨灰，一起升到遙不可見的高處。

半小時後，楊世德被護理人員發現的時候，已經沒有生命跡象了。

警方從病房內偷偷裝設的監視錄影帶裡，看到了令人毛骨悚然的畫面。

畫面裡，楊世德虛弱地自言自語，然後愈來愈激動，接著，他舉起那唯一還沒受傷的右手，拿起一把像是手術刀的銳器，瘋狂地肢解自己殘破的身體。他全身幾乎都要被血淹沒，身上的皮膚、肉、內臟，一刀一刀地被自己刨下來，他的身體像是給絞木機碾過一樣，最後，楊世德似乎一臉滿足地倒在床上，再也不動了。

過沒幾分鐘，院方發現楊世德的小女兒也失蹤了。

八、漩渦

空氣似乎悄悄地變冷了。

楊世德死後的一個小時，林德生偷偷跟著那票戴安全帽的黑衣人，來到港口附近的一棟老舊辦公大樓。

也不知道哪裡來的膽量，他在郊區別墅前開了一台陌生的進口車，那原是屬於在場某一位賓客的，他小心翼翼，連車燈都不敢開，偷偷尾隨在那票黑衣人乘坐的廂型車後，中途到了市區，他又趁紅燈時轉搭計程車，最後才大老遠地跟到這間舊大樓。

林德生打了電話給嚴正雄，告訴他長老們的死訊和兇手們的位置。

『先別報警，』嚴正雄鎮定地，『我馬上就到！』

不一會，嚴正雄和那幾個滿身刺青的少年到了大樓附近的渡船站。林德生瑟縮著身子，拿著菸的右手不時發抖，他看到嚴正雄搖下車窗，揮手要他上車。

『對方多少人？』嚴正雄問。

林德生有氣無力地坐上車，說：『好像五、六個，不知道裡面還有多少人……』停了一會，『他們有槍！』

嚴正雄聽完，拿起手機，不知道跟誰講了幾句話，過了半個小時，又來了兩台車。

『待會我先上去，』嚴正雄說，『等我們處理好了你再報警。』他說完，往舊大樓那裡開去，後面跟著四台車，在路燈稀疏的深夜公路上緩緩行進。

那棟舊大樓附近一片荒涼，六層高的樓房裡只有第五層的燈是亮著的。

嚴正雄和十幾個少年紛紛下車，吵吵鬧鬧地檢查了身上帶的各式槍械，稚氣的臉上裝著煞有介事的狠樣。嚴正雄對車裡的林德生點了點頭，往那大樓門口走去，那些滿身刺青的年輕人也跟進去。

夜裡吹來帶著沙塵的風，柏油路兩旁的排水溝傳來一陣陣刺耳的蟲鳴。

林德生獨自坐在車裡，半小時過去了，仍然毫無動靜。

又過了好一會，五樓的燈光也熄了，整棟大樓和四周街道一片死寂。林德生還在猶豫該不該立刻報警，他的手機便響起，他接起來一聽，是嚴正雄的聲音：『搞定了！你上來看看吧！』

林德生下了車，從大樓正門走進去。大樓內堆滿雜物，地板滿是灰塵和鞋印，看起來像是廢棄很久了。他試了試電梯，完全沒作用，只好推開安全門改走樓梯，他一層層往上走，聽到愈來愈清楚的音樂和嘻笑聲，直到他走上第五樓，安全門的另一邊傳來震耳的低音電子鼓聲。

他心裡一陣強烈的不安，站在門前好一會，接著，深吸一口氣，猛地把門推開。

音樂聲忽然停止，門後一片昏暗，空氣溼熱，隱隱有股汗味和尿臭味，還有像是發餿的食物的味道。林德生走上前，從微弱的光線中辨認出那是一條走廊，走廊上擠滿了人影，一個個交頭接耳，吃吃地笑著，像是用了迷幻藥一樣，只是吃吃笑著，沒有人交談。在走廊兩旁那幾扇門半開半閉，門縫裡透出微弱的紅色燈光，傳出電視機的聲音和女人的呻吟聲。林德生在暗紅色的走廊緩緩前行，擠滿他身旁的那些人影紛紛笑著，有些還伸手摸他的臉，手臂，私處，胸部和腹部，他忍不住舉起手臂格開那些人，這才發現自己身上衣服上都沾滿了紅色的手印。

『嚴大哥！』林德生朝走廊盡頭大叫著，聲音微微顫抖。

『這裡！』走廊另一頭傳來嚴正雄的聲音。

林德生快步往聲音處走去，走廊盡頭是一扇褪了漆的不鏽鋼門，他用力推開門的同時，才想到這扇門應該是完全隔音的。他往門內看去，裡面是一個二十幾坪大小的房間，四處掛著各色布幔，點上了紅蠟燭和紅燈籠，香氣撲人。門邊掛著幾個雕著花的竹製畫眉鳥籠，每個鳥籠裡都有顆人類頭顱，其中只有一顆頭的眼睛是睜開的，林德生一眼就認出來了，那就是嚴正雄的頭，那雙眼睛像是帶著喜悅，它看著林德生一會，就漸漸閉上了。

『你來啦？』房間中央坐著一個女人，聲音彷彿很熟悉。

林德生仔細往那女人看去，又呆住了。

那女人皮膚白皙如脂，穿著一件血紅色的低胸洋裝，姿態優美如畫，赤腳坐在一張三人座的俄羅斯印花皮沙發上。她身後的布幔輕紗微微飄動，布影照在她身上，像是不停移動的鬼魂。

那女人是小紅！

林德生正想要叫她，卻看到她美妙身體下的那張長沙發，那皮革上的花紋不是印花，那是刺青，跟著嚴正雄一起上來的那些少年們身上的刺青。林德生想轉身衝出去，可是他的雙腳仍僵住不動。

『我一直在躲你。』小紅微微張開鮮豔如花瓣的嘴唇，『結果還是被你找到了。』

『嗯！我一直在找妳。』林德生胡言亂語似的。

『你被楊家那女人咬了，卻沒毒死你；我找人殺你，也殺不死你……看來這都是注定的

管良性競爭還是惡性競爭，只要爭到的結果是好的就好了。」後來還要業績最差的部門主管轉到其他部門當小組長，說是「重新磨練」，其實根本是上受刑台。好幾個經理被搞到發瘋，還有人自殺，即使這樣，惡鬥還是愈燒愈烈。我算是表現最好的，總經理覺得我有威脅，就聯合所有人要鬥掉我。他們什麼方法都用上了，程序上特別刁難，給我客戶的支票老是跳票，最後還在我的茶裡頭下藥，有一次，還寄給我一疊照片，是我男友跟別的女人幹那檔事的照片……』說到這裡，小紅稍稍抬起眉毛，『最後，我贏了。我鬥掉了總經理，我錄下那個賤人所有的電話，我跟她老公上床，從那個死胖子那裡拿到她的併購企畫影本，把它丟給競爭廠商，她被認定出賣公司被開除的時候，我還若無其事陪她喝酒安慰她，趁她喝醉了，我又找了個有愛滋的混混上了她。我贏了！她帶著肚子裡的孽種跳樓，她一生作惡多端，告別式根本沒幾個人來。這時候，王太太送了我一樣禮物，就是那賤人肚子裡的孽種，她教我怎麼養，怎麼用它來對其他人作法……我還以為她是對我好，誰知道她私下動手腳，促成了華泰集團的合併案。我們一下子被別家公司買走，人事亂七八糟，結果又開始更大規模的鬥爭。這一次，所有人都是一路血腥爬上來的，一個比一個精明，一個比一個下流，黑白兩道都有辦法。我那時早該猜到的，那裡幾乎每個高階的都搞邪術，養小鬼拜陰神，下咒下毒，一個比一個沒人性。』小紅停了一會，在沙發前輕輕踱步，『我就是在那時候流產的。那之後，我就離開了，留在王太太身邊幫忙。原本也還沒事，後來我發現王太太根本不是人，是個修練到一半的「仙」，她為了要成仙，煉了好幾年的「丹」，我最後才知道，華泰那邊的人事鬥爭都是她搞出來的，她在養蠱煉丹。我離開華泰之後，被王太太安排到你那裡幫忙，那段時間，華泰又陸續出了不少人命，最後有一個贏家勝出，鬥掉其他所有人，成為毒中之毒的蠱王。

『你也見過她，她叫吳珮琪。』

林德生如遭電擊。

吳珮琪……那不正是近日來頻頻出現的那個王太太？

『吳珮琪任命華泰執行長的第二天就失蹤了，過了半年，她的屍體才被發現，只剩燒焦的人骨，除了我之外，沒幾個人知道發生什麼事。』小紅一臉陰沉地，『她被王太太拿去當藥引子啦！』

『那時候，』小紅繼續說，『我養的那孽種開始反咬我，我就知道了。她煉成仙丹了！她就要成仙了！我不再有利用價值了，只會礙事。我知道自己死期到了，我把那小鬼埋了，這時候我才想到自己的命和這孽種的命竟然這麼像。這時候，我聽說有間廟，廟裡拜的也是那種東西……』

林德生恍然大悟：『是楊家後山的那座廟？』

『那是楊家的祖宗，它說它和王太太已經鬥法鬥了一百多年了。王太太要你去做這一行，就是算到之後你會和楊家的人接頭，她也在找那座廟裡的東西……總之，我按照它說的方法要去殺掉王太太，結果已經太遲了，她已經屍解了。』小紅停了一會，對林德生使了個眼色，『你當時也在場，她被分屍的那晚。』

『所以，她沒死？』

『死的只是她的「殼」。我知道她一定會回來找我算帳，所以一直躲著，我知道她一定會再找上你，所以我一直躲著你……沒想到……』

『怎麼了？』

小紅向林德生走來，黑髮飛揚，紅裙如火。

『沒想到你還是把她帶來了！』

林德生背脊忽然一陣發涼。

他回過頭，看到身後陰影處站了一個人影，那是楊家的小女兒。

『好久不見了！王太太！』小紅全身衣裙翻騰，像是在燃燒。

小女孩一步一步走上前，每走一步，就長高了一些，臉孔也變得愈來愈美豔，她走到小紅面前，身上衣服盡褪，露出雪白的裸體，外表儼然已是吳珮琪的模樣。

那就是王太太！

王太太伸出纖細的手臂，緊抓住小紅的脖子，小紅仍一臉鎮定的樣子。

『妳挺會躲的嘛！』王太太似笑非笑地，『說吧！楊家那老妖怪躲哪去了？』

『妳殺不了我的！』小紅說。

那件火紅色的洋裝像生物一樣，伸出無數根觸角，纏到王太太身上，王太太來不及縮手，一瞬間就被包成紅色的人繭，發出油漆般的惡臭，接著，開始慢慢腐蝕王太太。

林德生急忙退開。小紅全身赤裸，站在那團血紅色泥沼前方，眼神似乎顯得悲傷。

『果然還是不行，』她淡淡地說，『看來我今天還是非死不可。』

紅色的人形開始膨脹，像氣球一樣愈來愈龐大，然後，碰的一聲，像火花般散開來，碎片在空氣中緩緩飄浮，像紅色的花瓣雨。王太太雪白的皮膚上滿是燒傷般的紅色斑痕，雙眼像是要噴火。

『賤人！』王太太尖叫一聲，右手直直穿進小紅左胸，從背脊透出來。

小紅那白淨的身體滿是鮮血，但沒露出一絲痛苦的表情，她兩手抓住王太太的手，往自己身體又刺得更深了些，鮮血噴得兩個女人滿臉，王太太大驚失色，她再怎麼用力也無法將手抽回來；小紅則是一臉陰沉地看著她。

『妳有沒想過，』小紅把臉靠近王太太的臉，悄聲說，『剛才那個「紅經」至少有六十年道行啦！我跟妳學那些沒屁用的法術才幾年，怎麼可能收伏得了它？』她看著王太太一臉不敢相信的表情，憂鬱地笑了，『很簡單，我早就不是我了！』

小紅的胸膛像花一樣倏地打開，她中空的身體裡沒有骨頭或內臟，像個空心塑膠玩偶似的，鮮紅色的身體內壁寫滿了金色咒文。王太太大聲尖叫，小紅撲上前去，身體如切割整齊的人皮，像積木般散開，把王太太包覆在中空處，然後又一一接合起來，恢復成人形，看起來像個肥胖臃腫的人形。

小紅轉過身，她的臉脹得像一團肉，可是那雙眼睛還是一如從前的陰鬱。她看了林德生一眼，像是吃力地笑了。

林德生看到那微笑，心中一痛。

那是小紅在跟他道別了。

小紅的身體開始慢慢變小，五官變得愈來愈不明顯，手腳也萎縮進身體裡，接著，她變成一團蘋果大小的肉球，再也不動了。

林德生緩緩走近那顆肉球，他兩腿癱軟，跌坐在地上。他彎下腰，想撿起那肉球，可是雙手不聽使喚地抖個不停。他想著小紅，想著當年的回憶，想著那個王太太，想著楊世德，想著所有人……也想著自己的一生。他緩緩低下頭，前額頂在地板上，抽抽噎噎地哭起來。

接著，他開始感覺一陣劇痛，他後腰和頸部的傷口流出血來，接著，一路跟隨著他的那股疲倦感吞沒他全身。他軟綿綿地倒在地上，聽見自己的心跳愈來愈慢，眼睛和耳朵變得遲鈍，身體愈來愈冷。

他知道自己就要死了。

死亡像緩慢的冷卻，感官和思緒都隨著體溫慢慢降低。

一個漆黑的人影從房間上方緩緩飄落，一雙赤腳悄悄站在那團肉球前方。林德生聞到一陣幽雅的檀香味，吃力地抬起頭，看到一個小男孩站在他面前，穿著老舊磨損的短袖短褲，面容如老人般慈祥。那男孩在林德生的注視下輕輕撿起肉球，仔細看了看，然後，像吃蘋果似地一口咬下，噴出鮮血般的汁液。那血紅色的汁液濺到林德生臉上，香味甘美，像加了薄荷酒的蜂蜜，接著，他的疲倦感消失了。

男孩蹲下身來，看著林德生。

『你到底是誰？』林德生虛弱地問。

『誰也不是。』男孩又咬了一口肉球，紅色的汁液不斷從他嘴角流下來，『我根本不存在，我和你，所有人，都只是想像之物。』

『誰的想像？命運嗎？還是你說的那個漩渦？』

『所有人的想像，既是多也是一；凡存在者皆為因果之媒介，唯有透過存在的多，因果才能旋流為一。』

『你不是已經……脫離因果了？』

『那也只是想像。』

『那又為什麼要有因果？』

『這個問題本身就是答案。』

『什麼？』

『為什麼要有因果？就因為有這個疑問，於是就有了因果，就有了業。』

『你的意思就是說一切都不存在？』

『存在時便存在，不存在時便不存在。』

『你剛才說……一切都不存在。』

『我說「一切都只是想像之物」。想像中存在也是不存在，想像中不存在也是不存在。一切都只為了要因果能連續，讓業能流動。』

『因果又是什麼？』

『想像本身。』

『業呢？』

『想像所得到的結果。』

『如果……一切都不存在，那我為什麼活著？又為什麼要死？』

『是因果，你活著是因為你父母生下你，你死去則是因為受了傷中了毒。若要說你為什麼要活著，那只是為了不無聊而已。』

『不無聊？』林德生聲音愈來愈細，幾乎說不出話了。

『死很無聊。』

『可是……你……不會死？』

『死對我而言沒有意義。』

『所以小紅……和王太太……也不會死？』

『對也不對。她們雖然消失了，但是包含她們的「一」還存在。』

『那「一」又是什麼？』

『是全部。』

『……如果我不想死，你……能救我……嗎？』

『世人皆有死，萬物皆有滅。』

『我不想死！』

『你想成仙？』

『成仙……是怎樣？』

『是無聊。』

『我只想……活下去……拜託……讓我活下去……』林德生喃喃地說，『我幫了你的忙，』林德生眼前已是一片漆黑，『你殺了……王太太。你幫我……我跟你求一個願……你幫我……你幫過其他人……你幫我……』

小男孩吃完最後一口肉球，抹了抹嘴巴，然後坐在地上，從背後抱住林德生。

『你想求什麼願？』男孩在他耳邊輕聲說，『你想得到權貴？你想富甲天下？你想名揚四海？你想長生不老？你想報復仇敵？……那些都是虛幻。藉由虛幻的存在得到喜樂，藉由失去虛幻得到苦惱，這些都是業。』

林德生意識漸漸稀薄，他知道時間已經到了。

他以極細極輕微的聲音說：『我……想要……』

林德生不再說話了。男孩看著他，悄聲說：『你準備好了嗎？』然後放開手，林德生像是瞬間沉入地板。

『這就是漩渦……』

林德生感覺自己在迅速地融解，融解在一片巨大的漆黑海洋，沒有光，那裡是一片漆黑的宇宙，翻騰的海水中央是一個比黑洞還巨大的漩渦，深不見底。他既不覺得恐懼也不覺得狂喜，他的思緒像是變得透明。

『他』不存在了。

『他』看到自己的一生，曾是那麼變幻莫測，如今卻覺得它再簡單不過了。

『他』也看到小紅的一生。

她如何出身自一個晦暗的單親家庭，相依為命的母親對父親絕口不提，小時候的她如何幻想父親是個有錢人，總有一天會來接她們母女，住在皇宮一樣漂亮的房子裡；長大後的她如何知道，母親只是被一個酒鬼強暴才有了她，她剛出生的時候還感染淋病，差點瞎了眼；她如何在十九歲時跟她第一個男友結了婚，她如何將婚後無子的原因歸究在她母親身上（『他』也同時感受到母親一生的無奈）；當男友第一次來她家裡找她時，剛好看到她母親在晾乾她的內褲，而內褲上帶有一抹淡淡的經血，她認為這個壞兆頭就是主要禍首。

『他』看到小紅如何歷經掙扎離了婚，如何在職場鬥爭中痛苦嘶喊，如何遭受背叛，如何嘗到折磨敵人的喜悅，如何面對孤獨侵襲時那種全身戰慄的恐懼，如何為了獲得短暫的溫暖而跟了另一個男人（也感受到男人對自我欺騙的上癮），那男人在性交時永遠無法滿足她，但立刻就讓她懷孕，其後又痛打她令她流產；夜深人靜時，她又是如何哭喊著對罐子裡的死胎說話。

『他』看到她如何跟那個林德生說話，『他』感受到她複雜微妙的情緒，每一滴眼淚，每一個微笑；也感受到她的瘋狂。

『他』也看到楊世德的一生。

他如何粗暴地對待自己的祖父母，以報償自己親情上的缺殘（也看到了祖父母對於被遺忘的恐懼），他如何痛恨自己，如何對父母的離開感到罪惡和挫折（也感受到父母對混亂的無措）；他如何武裝自己，如何悄悄地在心中飼養那隻陰暗的野獸，又如何詛咒牠；他如何狂熱地追求名利，追求認同，又如何冷靜地表現出淡泊；他如何刻意對女兒冷漠，在懷抱著女兒的同時如何感到欣慰和嫉妒（也同時感受到女兒微妙的試探）；他如何看著老婆高傲的背影，在她知道愈來愈多祕密之後，如何對她感到疏離。

『他』看到楊世德如何看待那個林德生，如何把那個林德生分類，當楊世德斜眼看著林德生那明顯隆起的褲襠的時候，又是如何地感到焦慮不安和對原始對文明的矛盾。

『他』看到吳珮琪的一生。

她如何瘋狂地愛上自己已婚育有兩子的舅舅，如何自我放逐，如何在男人面前裝作沒有靈魂，如何在入睡前害怕著不可知的明天的到來。

『他』看到小羅的一生。

他如何對電腦遊戲和嫖妓沉迷，如何想盡藉口不回家，家裡的父母妻子和兒女又是如何讓他感到無力，感到自己既不是成人也不是孩子。

『他』看到阿雪的一生。

『他』看到楊太太的一生。

『他』看到張醫師的一生。

『他』看到嚴正雄的一生。

『他』看到那兩個長老的一生。

『他』看到那個高瘦警官的一生。

『他』成為所有人，『他』不再有孤獨，恐懼，疑慮，也沒有自我。

『他』不停旋轉，所有的遙遠和漫長都只是一瞬間。

林德生做了一個緩慢又深邃的夢。

他夢到自己又回到了那座黑色的城市，所有人都離開，去了天堂，唯獨他一人留在那裡。荒涼的街道上只有永遠的夜晚和永遠的寂靜，他喘著氣，放棄了要去找尋這片漆黑的盡頭，他知道這就是永遠。

若要說你為什麼要活著，那只是為了不無聊而已。

林德生從漫長如百年的夢中醒來，發現自己躺在老家床上。

刺眼的陽光穿透窗戶上的汽車海報，照在擁擠雜亂的小房間，空氣裡滿是汗酸味和菸臭味，四處散著衣服和飲料罐；老舊書桌旁的電扇一邊旋轉一邊沙沙作響，書架上滿滿的漫畫雜誌和汽車雜誌，幾本英語會話入門書，幾本過氣女星的發黃寫真集；角落還有一艘沾滿灰塵的軍艦模型和直排輪鞋；房門外傳來母親炒菜的聲音和父親愛聽的廣播節目。

他坐起身來，發現自己只穿了一條內褲，滿身都是汗。他感覺到一種陌生又熟悉的奇妙的精力，他下了床，赤腳走出房門，繞過悶熱嘈雜的廚房，走進廁所，掏出半軟半硬的陰莖撒尿。這時候，他看見鏡中的自己，嚇了一大跳，那是他十年前的模樣。他臉色光潤，發亮般的眼睛，烏黑的短髮，小麥色的健康皮膚，種馬般結實的肌肉。

他衝出廁所，把客廳電視打開，不顧一旁父親的叫罵，轉到新聞台，這才發現『現在』是在他剛當完兵的那時候。

他內心糾結，慢步走回房間，沒聽到母親叫他吃飯。他把房門關上，從椅子上撿起一件臭得跟狗一樣的T恤穿上，然後坐在書桌前抽菸。過沒多久，他聽到敲門聲，他熄了菸，起身開門，一個清秀的年輕女孩站在門外。

林德生幾乎要大叫出來。

她是他的初戀，經過了這麼多年，他已經記不清她的臉了。

『你怎麼睡那麼晚啊？』女孩輕盈得像蝴蝶似地飄進房間，然後皺起眉頭，『又抽菸！』

她回過頭，伸手在林德生手臂上打了一下。

林德生傻傻地看著她，覺得眼淚就快要奪眶而出。

『幹嘛？』她嘟起嘴唇，『你還好意思生氣？你不是答應我不抽的？我都沒生氣你敢生氣？』

林德生笑了，女孩也跟著笑了。

接著，他們瘋狂地做愛，林德生已經很久沒有像那樣做愛。

他們兩人躺在床上，女孩抱著他，把臉貼在他汗溼的胸前。

『喂！』她深吸一口氣，『我有件事要跟你說。我想出國念書。』

她抬起頭，撫摸著林德生的臉，『如果我出國兩年，你會不會等我？』

林德生看著她，沉默不語。

『怎麼樣嘛？』她搖了搖他的身體。

『當然不等！』他說，女孩氣脹了臉，他卻笑了出來，『我跟妳一起去！』

女孩笑了，緊緊抱住林德生，兩人在床上翻滾不停。

窗外的不遠處，陽光燒炙的柏油路那頭傳來陣陣選舉宣傳車的聲音，從沙啞擴音器傳出的拜票演說，跟著焦熱的風吹進狹窄的小房間。一股像是檀香般的隱隱的香味，像海水漲潮般緩緩在悶熱的空氣中上升。

兩年後，女孩的父親車禍猝死，林德生和女孩回台灣結了婚，繼承了一千七百萬的保險理賠和遺產。林德生用其中的四百萬買下一間小型的通訊材料行，又花了兩百萬跟附近一些小警察小混混打了交道，不久通訊材料行便擴大到兩倍，業績也愈來愈好，轉眼間他便做起了南部第一家通訊連鎖店，擁有十一家分店。

又過了一年後，他剛滿兩歲的獨子忽然失蹤。

那一天上午，天氣熱得要命，柏油路都要融化。林德生雙眼紅腫，開著他那輛黑色的ＢＭＷ，獨自來到岡山一間荒僻的老宅，走上一座長滿雜草的小山坡。

他記得那裡原是一間鐵皮屋，結果卻看到一間破爛的小土地廟……

第7屆
【皇冠大眾小說獎】
決選入圍作品

一部純真卻催人熱淚的戀愛故事！

二重奏

梁家蕙◎著

南方朔：『《二重奏》以獨特的角度切入愛情問題，把愛寫得更細緻動人，整部作品不帶雜質，都是心與心的對話，它其實已替羅曼史寫作打開了另外的可能性！。』

從來沒想過，有一天，『愛情』這東西會在我的生命裡佔住一個重要的位置，因為，我的世界裡只有溜冰，在雪白大地上飛舞的感覺，比戀人耳畔的呢喃，更美。我是吉兒，一個正值青春年華卻從不曾為誰心動的少女。

可是，有那麼一個男孩，竟然吸引了我的目光。他叫安祖，神奇的雙手能瞬間解開複雜的魔術方塊，更能拉奏出優雅的提琴旋律。不過，他注視的人似乎不是我，而是我最好的朋友——活潑又美麗的艾莉……

安祖啊，安祖，這個名字好像在我心裡漸漸發了酵。在一個人的時候，我會想著他，覺得心煩意亂；在彈著鋼琴與他合奏時，我倆的琴音更似乎如戀人般相互依偎！但是，他笑容裡的冷漠、若即若離的態度，卻也讓我裹足不前、無法再跨出一步……

第7屆
【皇冠大眾小說獎】
決選入圍作品

一個跳躍時空的女孩，一場驚心動魄的救援行動！

朝顏時光

米果◎著

侯文詠：『故事最後，道盡了政治信仰的虛幻以及人在歷史中的渺小——就像「朝顏花」短暫而燦爛的隱喻一樣。這種站在更高的制高點，對於生命和歷史重新審視的另外一種透澈，恐怕是小說這個不太起眼技藝，一再讓人沉迷很重要的理由吧！』

在姑婆的告別式上，年輕女孩幸子遇見了一個外型像電影『新上海灘』裡舊時代裝扮的中年男子。男子交給幸子一個白色奠儀之後便離去了，幸子完全不知道他是誰，只見信封上的署名是：江寧靜、莊禎祥；然而，幸子的叔公祖莊禎祥早在幾十年前就死了……

為了查清楚那個男人的身分，充滿疑惑的幸子來到姑婆住了一輩子的老屋。就在一陣突來的天搖地動之後，那名男子又突然出現了。更不可思議的是，原本早已荒廢的破舊老屋，此時竟變得簇新而熱鬧，幸子甚至還遇見了年輕時候的姑婆！

這是怎麼回事？那個自稱徐謙田、自稱在性命交關之際突然穿越時空的男人到底是誰？他又為什麼找上幸子，還把她一起帶入了時光磁場中？！幸子心中懷著重重疑團，打開了老屋內緊緊上了鎖的一個抽屜，沒想到，她卻從此開啟了家族中始終諱莫如深的那段驚人過去……

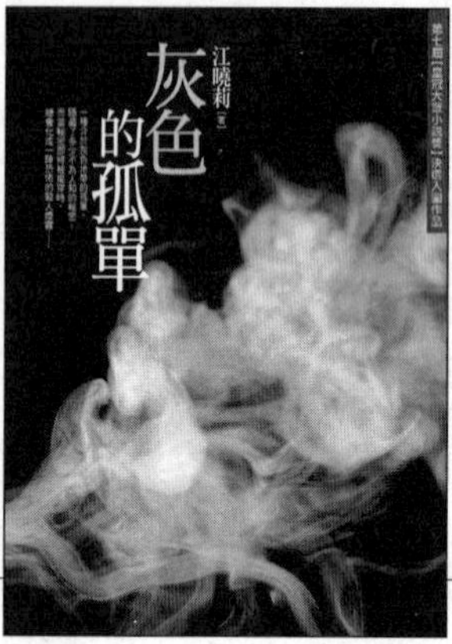

第7屆
【皇冠大眾小說獎】
決選入圍作品

台灣版的『HERO』！一幅驚心動魄的官商勾結浮世繪！

灰色的孤單

江曉莉◎著

詹宏志：『白佐國、周湘若或書中的其他角色，都是立體、鮮活、飽滿而可信的人物，這些角色有著完全台灣內容的生活背景架構，更在這種生活意義架構下進行一個推理謎局的展開與調查，這就造就了一部我們等待多時的、充滿本土聲光色彩氣味的原創推理小說。』

素有『最懶散的檢察官』名聲的白佐國才剛回到台北地檢署任職，就碰上了檢察長交辦萊兒生技公司涉嫌非法吸金的案子，同時，之前與白佐國有過一夜情緣的神秘女子林羽馩竟驚傳死亡的消息。

白佐國認為林羽馩的死另有隱情，就在他和檢事官周湘若積極偵辦萊兒生技案的同時，發現這起命案和另一樁『內湖之星大樓倒塌事件』牽扯在一起。原來林羽馩的未婚夫賴赫哲正是負責內湖之星大樓的建築師，卻在大樓取得使用執照前夕，從十六樓的工地意外墜樓身亡。

這三個案件最終指向的都是泰扶集團的總裁郭泰邦，到底林羽馩知道了什麼內情？賴赫哲又為何身亡？而泰扶集團跟萊兒生技公司又究竟有什麼關聯？在一切糾結纏繞的重重謎團中，白佐國和周湘若要如何找到破案的關鍵呢？……

第7屆
【皇冠大眾小說獎】
決選入圍作品

一段最純真也最感官的初戀故事！

同窗

法爾索◎著

張曼娟：『好看又動人的愛情小說，其實很難尋覓。好看的愛情小說，是舒緩而緊密的；動人的愛情特質，是悠長而深刻的。我在法爾索的《同窗》裡，竟然看見了這樣的結構與人物。』

『同學會』是一種很奇妙的東西。

曾經跟朋友聊到，大家一致認為，同學會是最容易讓班對舊情復燃，甚至跟老同學發生新戀情的可怕場合！只是沒想到，這種事會發生在我身上，而且是同時發生……

大三下學期的某一天，我接到一通奇妙的電話。往事突然歷歷奔來，我想起了曾經如此愛戀的小學同學小蕙，以及高中時她望著我那迷霧般的眼神。想起小學時『不小心』偷窺到大姊頭周令儀發育中的渾圓小丘；還有她高中時充滿女性魅力的身形線條！

我以為這一切都離我很遠了，誰知道在那一次的同學會後，她們卻讓我飽嘗天堂和地獄的滋味……

國家圖書館出版品預行編目資料

鬥法 / 月藏著.--初版.--臺北市：皇冠文化.
2008〔民97〕.01
面；公分（皇冠叢書；第3696種）
（JOY；91）
ISBN 978-957-33-2385-3（平裝）

857.7 96025778

皇冠叢書第3696種
JOY 91

鬥法

作　　者—月藏
發 行 人—平雲
出版發行—皇冠文化出版有限公司
台北市敦化北路120巷50號
電話◎02-2716-8888
郵撥帳號◎15261516號
皇冠出版社(香港)有限公司
香港灣仔告士打道88號19樓
電話◎2529-1778　傳真◎2527-0904
出版統籌—盧春旭
責任編輯—張懿祥
美術設計—許惠芳
行銷企劃—李邠如
印　　務—林莉莉
校　　對—林禎慧・余素維・張懿祥
著作完成日期—2007年
初版一刷日期—2008年1月

法律顧問—王惠光律師

讀者服務傳真專線◎02-27150507
電腦編號◎406091
ISBN◎978-957-33-2385-3
Printed in Taiwan
本書特價◎新台幣199元/港幣67元

第七屆【皇冠大眾小說獎】讀者直選活動

最後五部決選入圍作品，究竟哪一部才是你心目中的第一名？
請踴躍投下你神聖的一票，就有機會參加抽獎！

直選辦法
請剪下本頁選票，勾選你的給分，並詳填個人資料後，直接寄回本公司（免貼郵票）。

直選期限
即日起至2008年3月20日止（郵戳為憑）。

抽獎活動
只要在直選期限內投出有效票，您就可獲得抽獎資格，有機會贏得大獎（廢票和個人資料不完整者除外）：

- **壹獎3名**：Licorne力抗男女時尚對錶（市價10,500元）
- **貳獎5名**：Pathfinder Quality is Everything! 探險家經典系列26吋可擴充旅行箱（市價7,000元）
- **參獎10名**：Logitech 羅技電子mm50 iPod專用可攜式喇叭（市價4,990元）
- **肆獎20名**：Herbal Seemoli 蒂沐麗茶樹清爽潔淨控油組(市價2,100元)
- **特別獎30名**：第六屆【皇冠大眾小說獎】5部決選入圍作品《純律》、《離魂香》、《將薰》、《地獄門》、《最美的東西》一套（定價1,000元）

◎將於第七屆【皇冠大眾小說獎】頒獎典禮上抽出幸運中獎的讀者。
◎本活動限台灣地區讀者參加。每位讀者以得一項獎品為限，以較高金額的獎項為準。

·壹獎

·貳獎

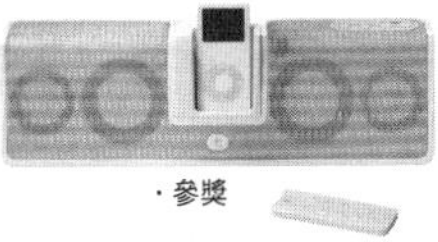
·參獎

·肆獎

第七屆【皇冠大眾小說獎】讀者直選活動選票

《鬥法》

您對這部小說的評價是：（請勾選。請特別注意，廢票將無法獲得抽獎資格）

☐ 5 分　☐ 4 分　☐ 3 分　☐ 2 分　☐ 1 分

（喜歡←————————→ 不喜歡）

◎我的基本資料（抽獎用，請詳細填寫）

姓名：＿＿＿＿＿＿＿＿

出生：＿＿＿＿年＿＿＿＿月＿＿＿＿日　性別：☐男 ☐女

職業：☐學生 ☐軍公教 ☐工 ☐商 ☐服務業

☐家管 ☐自由業 ☐其他＿＿＿＿＿＿＿＿

地址：☐☐☐ ＿＿＿＿＿＿＿＿

電話：（家）＿＿＿＿＿＿＿＿（公司）＿＿＿＿＿＿＿＿

手機：＿＿＿＿＿＿＿＿

e-mail：＿＿＿＿＿＿＿＿

☐我不願意收到皇冠新書資訊和電子報。

你對本書的其他意見：

寄件人：

地址：□□□

北區郵政管理局登
記證北台字1648號
免 貼 郵 票

〔限國內讀者使用〕

10547

台北市敦化北路120巷50號

皇冠文化出版有限公司 收